"大语文"悦享丛书

中国民间故事

甄妮吉 ◎ 编

| 名师 批注 | 无 障碍 阅读 | 原创 手绘 |

中国海洋大学出版社
·青岛·

图书在版编目（CIP）数据

中国民间故事 / 甄妮吉编. -- 青岛 : 中国海洋大学出版社, 2024. 6. --（"大语文"悦享丛书 / 李春峰主编）. -- ISBN 978-7-5670-3886-8

Ⅰ. I277.3

中国国家版本馆CIP数据核字第20242MW873号

ZHONGGUO MINJIAN GUSHI

中 国 民 间 故 事

出版发行	中国海洋大学出版社
社　　址	青岛市香港东路23号
邮政编码	266071
出 版 人	刘文菁
网　　址	http://pub.ouc.edu.cn
电子邮箱	1922305382@qq.com
订购电话	0532-82032573（传真）
责任编辑	曾科文　周佳蕊　　　　　　　　　　**电　　话**　0898-31563611
印　　制	三河市悦鑫印务有限公司
版　　次	2024年6月第1版
印　　次	2024年6月第1次印刷
成品尺寸	185 mm × 260 mm
印　　张	8.5
字　　数	146千
印　　数	1—3000
定　　价	39.80元

如发现印装质量问题，请致电15532446666调换。

前言 Preface

德国诗人歌德说过："读一本好书，就等于和许多高尚的人对话。"阅读中外文学名著，简直就是在和一位位文学大师对话。他们创作的名著，纵贯古今，横跨中外，大浪淘沙，沙里淘金，成为全人类共同的宝贵财富。

名著是历史的回音壁，是自然的旅行册。它可以拉近古今的距离——我们阅读名著可以探访在时间长河中和我们擦肩而过的人，看看他们怎样面对生活。它可以缩短地域间的距离——我们阅读名著便可足不出户而卧游千山万水，体察各地的风土人情。

名著是全人类智慧的结晶，那里面充满了智者的箴言。谁读了《论语》《老子》，不觉得是大师们站在人类思想的巅峰上，为我们播撒智慧的种子？我们阅读他们的书，就是站在巨人的肩膀上俯瞰世界。

名著是人类感情的储藏室，是传承文明的火炬手。它们展示着人类审视、确认、表现自身情感的过程，表现出一种摆脱生活的琐杂而趋向美与高尚的努力，其深厚的底蕴总是能够在我们的生活中唤起这种寓于诗意的情怀，因而具有永恒的魅力。

名著是真、善、美的化身，是人类生活中难得的一片净土。大师们在炼狱中心灵首先得到了净化，他们的作品无处不放射着高尚的光辉。在紧张而浮躁的社会中，我们的心灵有时会由于四处奔波而疲惫，由于过于好斗而阴暗，这时阅读名著能使我们变得宁静而高尚，我们在阅读的过程中抚慰心灵的创痕，涤荡心灵的浮尘。

本套丛书既有中国传统名著，也有国外经典名著，可以带领学生领略中外人文差异，徜徉思想之海，探索文字奥秘。编者在编辑本套丛书时，从学生的认知层面和生活经验出发，对原著进行了全方位解读。在每一章的大量文段中选取了优美的词句，有名师解读，帮助读者理解作者的情感变化、写作手法等，提升读者的写作技巧；在章节后有"名师点睛"，总结中心思想，剖析艺术手法，加深读者的阅读印象；还有"阅读积累"，拓展了读者的知识层面。

　　相信广大学子读完这套为他们精心打造的丛书后一定能开阔眼界，增加智慧，健全人格，铸就人生的新境界！

学问速递

作品素描

中国民间故事是民间文学中的重要题材之一。从广义上讲，民间故事就是劳动人民创作并传播的、具有虚构内容的、散文形式的口头文学作品，是所有民间散文作品的统称。民间故事是从远古时代起就在人们口头流传的、一种以奇异的语言和象征的形式讲述人与人之间的种种关系，题材广泛而又充满幻想的叙事体故事。一般来讲，中国民间故事的表现形式可分五类，即幻想故事、动物故事、生活故事、民间寓言、民间笑话。其主要特征：时代久远，往往伴随着人类的成长历程而经久不衰；口头传播，民间故事大都以口头形式传播；情节夸张、充满幻想，大都表现了人们的良好愿望；多采用象征形式，内容往往包含着超自然的、异想天开的成分。民间故事就像所有优秀的作品一样从生活本身出发，但又并不局限于实际情况以及人们认为真实和合理的范围之内。

内容精讲

《中国民间故事》是广大人民群众世世代代以自发形式口耳相传的一种文字样式。它以劳动人民的现实生活为基础，运用丰富的想象，用故事的形式讲述了劳动人民对现实生活的认识与思考。本卷从浩如烟海的民间故事宝库中精心选取任人唯贤的圣明君主、维护国家统一和民族团结的民族英雄、振兴文艺文化的名家、富有生活智慧的人物故事和生活启迪故事合成一卷，大多有真实的历史事实作为基础，同时含有传奇性，是人们为争取生存、提高生产能力而产生的认识自然、支配自然的积极要求。有些故事讲为民说话的清官，清官的故事常常在百姓中广为流传，成为人们生活的一种寄托。有的现实性较强，故事往往赞美正直、勤劳、善良、智慧的人。它显示了劳动人民的智慧，抒发了劳动人民的淳朴感情，反映了劳动人民的美好愿望，体现了中国民间故事的神奇魅力。

经典书评

中国有灿烂的民间文化，民间故事是其中最璀璨的一颗明珠。由我们先人口耳相传的故事，用朴素的情感和生动的语言构建了一个或宽广无涯或机智幽默或奇妙动人的艺术世界，给我们以想象与思考。

民间故事，作为一种集体创作，在情节、主题、人物等方面有显著的类型化倾向。同一故事在传播过程中会生发出许多大同小异的说法，同一母题会表现为多种异文，贯穿于多种异文中的基本要素相同而又定型的故事框架称为"类型"。主题的类型化指许多故事表达同样的主题，如表达生活变富或弱者获胜的愿望，对于机智善辩的赞扬、对于愚蠢呆笨的讽刺等。人物的类型化是指许多故事的人物属于同一种形象类型，即在品格、行为等方面的主要特征是共同的，如圣明君主型、机智人物型、励志好学型、神医型、巧媳妇型等。

有些故事比较短小，人物性格单纯，常常运用对比的手法。有时也采用"三段结构法"。它的风格较为朴实、明快。有些故事幽默、风趣，表现了劳动人民的聪明和智慧。在很多民族中流传的机智人物的故事，充分地表现了人民的机智和乐观主义精神。中华人民共和国成立后，出现的许多新的民间故事，反映了新时代人民的生活和愿望，表现了高尚的精神面貌，对传统民间故事的艺术特点也有所发展。

中国民间故事像中国历史一样源远流长，与中国文化一样绚丽多彩。中国民间故事经过了广泛的采集、选择，在流传、讲述的过程中经过了无数人的加工与琢磨，其中许多故事成了人们耳熟能详、脍炙人口的名篇佳作。

角色卡片

李时珍

李时珍（1518—1593年），字东璧，晚年自号濒湖山人，湖北蕲州（今湖北省蕲春县蕲州镇）人，明代著名医药学家。与"医圣"万密斋齐名，古有"万密斋的方，李时珍的药"之说。后为楚王府奉祠正、皇家太医院判，去世后明朝廷敕封为"文林郎"。李时珍自嘉靖四十四年（1565年）起，先后到武当山、庐山、茅山、牛首山及湖广、南直隶、河南、北直隶等地收集药物标本和处方，并拜渔人、樵夫、农民、车夫、药工、捕蛇者为师，参考历代医药等方面的书籍925种，"考古证今、穷究物理"，记录上千万字札记，弄清许多疑难问题，历经27个寒暑，三易其稿，于明万历十八年（1590年）完成了192万字的巨著《本草纲目》。此外，他对脉学及奇经八脉也有研究，著述有《奇经八脉考》《濒湖脉学》等。被后世尊为"药圣"。1982年，李时珍陵园（李时珍墓）被国务院列为第二批"全国重点文物保护单位"。

诸葛亮

诸葛亮，字孔明，号卧龙，三国时期蜀汉丞相，中国古代杰出的政治家、军事家、发明家、文学家。刘备依附荆州刘表时三顾茅庐，诸葛亮向刘备提出占据荆州、益州，联合孙权共同对抗曹操的"隆中对"策。刘备根据诸葛亮的策略，成功建立蜀汉政权，与孙权、曹操形成三足鼎立之势。章武元年（221年），刘备称帝，任命诸葛亮为丞相。刘禅继位后，封诸葛亮为武乡侯，领益州牧。与东吴联盟，改善和西南各族的关系；实行屯田政策。后世常以武侯尊称。东晋桓温追封为武兴王。诸葛亮散文代表作有《出师表》《诫子书》等。曾发明木牛流马、孔明灯等。诸葛亮一生"鞠躬尽瘁，死而后已"，是中国传统文化中忠臣与智者的代表人物。

文成公主

文成公主（？—680年），唐朝宗室之女，汉族。汉名无记载，吐蕃尊称甲木萨（藏语中"甲"的意思是"汉"，"木"的意思是"女"，"萨"的意思为神仙）。唐贞观十四年（640年），唐太宗李世民封李氏为"文成公主"。贞观十五年（641年），文成公主远嫁吐蕃，成为吐蕃赞普松赞干布的王后。唐蕃自此结为姻亲之好，两百年间，凡新赞普即位，必请唐天子"册命"。

周文王

周文王姬昌（约前1152—约前1056年），姬姓，名昌，岐周（今陕西岐山县）人。

周朝奠基者，周太王之孙，季历之子，周武王之父。又称周侯、西伯、姬伯，周原甲骨文作周方伯。原为商朝的诸侯，封西伯。能敬老慈少，礼贤下士。太颠、闳夭、散宜生、鬻子、辛甲大夫等人皆先后投奔。得诸侯拥护，建立丰邑（今陕西长安沣河西），并迁都于此，诸侯归者日众，《论语·泰伯》称其"三分天下有其二，以服事殷"。即位的第四十四年，文王受命、称王、改元。

武则天

武曌[zhào]（624—705年），即武则天，并州文水（今山西省文水县）人。唐朝至武周时期政治家，武周开国君主（690—705年在位），也是中国历史上唯一的正统女皇帝，即位年龄最大（67岁）、寿命最长的皇帝之一（82岁）。武则天为荆州都督武士彟次女。天授元年（690年），武则天称帝，改国号为周，定都洛阳，称"神都"，建立武周。在位前后，"明察善断"，多权略，知人善任，重视人才的选拔，开创殿试、武举及试官制度。又奖励农桑，改革吏治。武则天智略过人，兼涉文史，颇有诗才。《全唐诗》存其诗。

目录 contents

精彩导读

中国民间故事是从远古时代起就在人民中间口头流传的一种题材广泛的叙事体故事。它以劳动人民的现实生活为基础，反映了百姓对美好生活的憧憬，显示了劳动人民的无限智慧，蕴藏着英雄主义、乐观主义、人道主义等精神与美德。这些故事通俗易懂，风格上朴素而又简练，是一种灵活的语言艺术。

《中国民间故事》主要塑造了帝王、神医、功臣、百姓等智慧、民主或者愚笨、霸道的人物形象。帝王有尧王、周文王、李世民、武则天、吴王、康熙等，表达任人唯贤等美好愿望；神医有李时珍、华佗等，表达祛病延年、著书立说、造福人民的美好愿景；有机智型的诸葛亮、徐文长、余裁缝等人物，表现平等、爱国、敬业等价值观；有智斗昏君、地主、贪婪者的人物形象，结果都是善者、弱者智胜，其中还有奇人、百姓的各种形象，栩栩如生。读者在读故事的时候可以放松身心、获取智慧，培养核心素养，提高写作能力。

《中国民间故事》灵活运用想象和联想写法，依据现实生活，运用夸张、巧合、悬念、对比、烘托等技法，使得故事曲折离奇、扣人心弦，写法上值得学习和借鉴。

总之，中国民间故事来自民间，来自一线的实践，来自一线人民的心声，反映群众的心愿，是对美好生活的向往，对幸福的积极追求，对善良、和平、友爱、长寿、健康等理念的弘扬，是智慧的结晶，是思维的锤炼，是未来生活研究发展的方向。这些民间故事可以让读者更好地了解中国的传统文化，更加热爱自己民族的宝贵文化遗产。

尧王嫁女

尧王有两个女儿，大闺女娥皇是养女，小闺女女英才是尧王亲生的。尧王很喜欢他的两个女儿，每次出巡，总是带着她们一起去。

经过多次考验，尧王觉得舜是个可靠的人，就将国君之位禅让给他，又决定将两个女儿嫁舜为妻。这就是我国历史上传为佳话的"尧之二女，舜之二妃"。

娥皇和女英要同时嫁给舜，姐妹二人心里都很高兴。唯有尧妻心存一桩愁事，她总想让自己的亲生女儿女英为正夫人，让养女娥皇为偏房，尧王坚决反对。尧王出了三道考题，以才定先，能者为师，智者为导。尧妻只好同意。

第一道考题：煮豆子。

尧王给两个女儿各十粒豆子，五斤柴火，先煮熟者胜。

姐姐娥皇长年做饭，很有经验。锅内只倒了少量水，不一会儿豆子就煮熟了，柴还有余。妹妹女英却相反，盛了一满锅水，水多柴少，柴火烧尽，水还未热，当然豆子更谈不上熟了。尧妻心里真不好受，嘴里却无法说。

第二道考题：纳鞋底。

尧王笑着让妻子取来一双鞋底和两把绳子，分给两个女儿，每人一只鞋底和一把绳子，谁先纳成，谁就为胜。

姐姐娥皇常纳鞋底，又熟练又有窍门。她把长绳子剪成短节，纳完一根再纳一根，不到半天工夫，一只鞋底就纳成了，还纳得平平整整，又好看又耐实。女英用长长的一根绳子纳，很费劲，绳子不时打结，半天连半只都没纳好，还是歪歪扭扭，针脚也稀，又不平整。尧王不言语，尧妻心里非常生气，暗暗盘算，准备对策。

临出嫁动身之前，尧王又出了第三道考题：比谁快。先到历山坡舜帝的住地者为胜。

这时尧妻说话了："娥皇是姐姐，理应坐马车，三马一车更排场。女英是妹妹，理应骑走骡，单人骑骡更一般。"尧王明知有偏，想据理力争，可是出嫁的时辰已到，来不及了，只得如此。

妹妹女英骑走骡，抄小路飞快跑，姐姐娥皇坐马车慢慢前进。事有凑巧，女英走到半路，走骡突然下驹了。气得女英骂道："该死的骡子，偏在这时候下驹，真误我的大事，以后别下驹了。"所以，骡子从此再不下驹。骡子下驹的地方，也因此得名为"落驹村"。

这时，娥皇的马车也赶到了。娥皇见妹妹急成这样，知道出事了，立即下车把女英拉上马车，一同奔向历山坡。

舜帝和娥皇、女英成亲后，对两个妻子百般疼爱，没有偏正之分。姐妹二人也齐心协力辅佐舜帝治理天下，做了许多有利于人民的事情。

周文王访贤

很久以前，周文王出外访贤，途经一座村庄，觉得肚子饥饿，口中发渴，实在难忍，就坐在大树下休息。正巧，一位农妇手提一瓦罐稀面糊糊从这里路过。文王连忙问农妇："大嫂手提稀饭，去哪里呀？"农妇告诉文王："丈夫在田间劳动，时已过午，去给他送饭充饥解渴。"

文王又饥又渴，见了瓦罐里的稀面糊糊，肚子咕咕叫得更厉害了，嘴里不觉流了馋涎。他请求农妇，让些给他充饥解渴。农妇把手里的瓦罐递给他。文王饥不择食，大口大口地喝了下去，顿时精神爽快，口中余味无穷，觉得比皇宫里的山珍海味还要香甜可口。他谢了农妇，问道："大嫂，这稀面糊糊是什么粮食做的？这么好吃。"农妇告诉他："春荒三月，青黄不接，只有芒麦成熟得早，用它救急，搭救性命。"文王点点头称赞芒麦的功劳最大，说它在所有的麦子中，应该占首位，以后就改名大麦。

正在田间劳动的丈夫，见日头偏西，妻子还不送饭来，就丢下手中的农活，回家吃饭。走到半路上，老远看见妻子与一个过路客人说话，随后妻子又从客人手中接过瓦罐，转身回去了。丈夫便以为妻子行为不端正，气得火冒三丈，追赶上去，抓住就打。

文王看在眼里，心里很是过意不去。想上前去辩白几句，又不知从何说起。丈夫发完脾气，到田间去了，农妇则回家重新为丈夫做饭。文王追上农妇，抱歉地说："是我不该吃了你丈夫的饭食，害你遭了打骂。"

这农妇很会说话，说："客人莫见怪，我丈夫不是小气人，他怪我有失礼貌，没有把客人请到家里去招待，才打了我的。"

听了农妇的话，文王思忖道："我专程四下里访问贤德人，眼前的农妇和她丈夫不就很贤德吗？"文王便解下一根玉带，递给农妇说："大嫂今后若遇急难，就拿上这根带子到都城去找大王，他会帮你解危的。"说完便扬长去了。

文王回到京城，想起路途吃的大麦面糊很香甜，就吩咐御厨做给他吃。他吃了几口，觉得味道又苦又涩，淡而无味，远不及路途上那农妇做得好吃。

三年过去了，那位农妇的家乡遭了天灾，实在无法谋生度日，才想起吃大麦面糊的客人留下的那根玉带来。夫妻俩便带上它，沿途讨米要饭，去都城找周文王。

到了都城，文王召见了他们夫妇，安置在王宫住下，并当着满朝文武官员封夫妻俩为"贤德人"。

一日，文王又想起那顿大麦稀面糊糊来，传旨农妇为他做。农妇做了大麦稀面糊，端给文王。文王尝了几口，很不好吃，问农妇是什么原因。农妇告诉文王："饥时糠也甜，饱时肉也嫌。"文王听后拍案称好，说："贤德人使我明白了一个重要道理，饱时不忘饥时苦，富贵常记贫贱寒。"周文王不仅仅只听取这夫妻俩的忠言，他还广招天下贤德人，并且重用他们。文王把这种美德一代一代地传下去，从而使周朝江山稳坐八百年。

吴王夫差的故事

从前，扬州这个古城属于吴国的地盘，非常荒凉，处处杂草丛生，蚊虫成群。而现在，这里却是一个花红柳绿、稻谷丰产的宝地，这是为什么呢？原来这里流传着一段很有趣的故事。

那还是在远古时候，中国被分成几十个大大小小的国家，战争连年不断，老百姓家破人亡，妻离子散，不得安生。如果遇到灾荒，那就更苦啦！吴国也和别的国家一样，经常派军队去攻打周围的邻国。有一年秋天，吴国遭了水灾，眼看就要到手的秋谷全部被水淹了，连谷种都没有收到。

老百姓整天饿着肚子，吴王夫差看到这个情景，心里很是着急，他和大臣们商量，决定亲自领兵攻打北方的齐国，抢些粮食回来度荒年。

一天傍晚，他领着人马走到一个山沟，迷失了方句。他立刻派几个士兵到附近去找个向导来带路，自己则坐在马上等着。不大一会儿工夫，士兵们回来报告说：周围连个人影都没见到。眼看太阳落下山，夫差干脆下令就地扎营，等第二天再去找人。

他正准备下马休息，突然看见远处有一个人从草地上飘飘悠悠地向他走来。他感到很奇怪，就手提宝剑向前迎去。走近一看，原来是个年轻的姑娘。那姑娘好看极了，黑黑的头发披在双肩，圆圆的脸像红红的苹果，两只眼睛一闪一闪的像天上的星星。不等夫差开口，那姑娘就在他的马前施了一个礼，问道："大王，你到哪儿去？"夫差望了望她，答道："孤要到齐国去筹粮！"姑娘又问："那么，你怎么不走呢？"

夫差就把迷路的事告诉了她，并请她带路。姑娘听夫差说完，满口答应下来。她朝夫差笑了笑说："不过，在我给你带路之前，请大王告诉我几件事情。"

夫差听她答应带路非常开心，就说："好，你说吧。"姑娘把手指了指天空，问道："大王，你说天上有没有太阳？"夫差原以为她要问什么难题，一听问的是这个，便哈哈大笑说："有啊！"

姑娘又问："大王，你说地上长不长稻谷？"

夫差说："长啊！"

姑娘接着问："那么你为什么要到齐国去抢粮呢？"

夫差被姑娘问得怔住了，只好把遭遇水灾需要筹粮度荒年的事原原本本告诉了她。姑娘听了夫差的话，跪下叩了一个头说："大王，我们都是黄帝的儿女，分散居住在四面八方，天下的百姓全是一家人，一家人怎么能互相仇杀呢？"夫差想不到这个年轻姑娘竟敢当面责问他，刚想发作，举剑把她砍了，但转念一想，还得用她带路，只好忍了忍气，大声吼道："不去打仗，叫我拿什么给百姓吃呀？"

姑娘不慌不忙地说："大王，只要你使百姓安康，我就会帮你忙的！"

夫差听了半信半疑，心想，口气不小，小小年纪能帮我什么忙？姑娘见夫差怀疑的样子，便转身举手朝地上一划。说也奇怪，大地裂开了一个长长的大口子，一片金光闪闪。夫差连忙跳下马来一看，口子里装的全是饱满的稻谷，足足可供吴国吃好几年。他惊奇极了，忙问姑娘是什么人，这些稻谷又是从哪儿来的。姑娘微微一笑："大王，我是你脚下的臣民，这稻谷是我每年在收割后从田野里拾来堆藏到这里的，现在就送给你吧！"

姑娘说完就变成一只蛤蟆，一蹦一跳地走了。夫差恍然大悟，感动极了，朝着蛤蟆爬去的方向鞠了一躬，打消了去攻打齐国的念头，命令士兵把稻谷搬出来，除留下一些做谷种外，全部分给老百姓度荒。

吴王和士兵们原地住下来，开垦荒地，播种农田。没过几年，吴国就繁荣富强起来了。

李世民选贤

　　唐太宗李世民刚即位的时候，有人为了讨好他，就向他告发魏徵，说魏徵在李世民与兄弟间争权夺利到你死我活的地步时，曾多次劝说李建成早定计划下手杀害李世民。李世民听了，立刻派人把魏徵找来，板起脸问他："你为什么要在我们兄弟中挑拨离间？"魏徵面不改色，很从容地说："太子（李建成）如听我的话，不会遭今天杀身之祸。"太宗非常佩服他的胆识和忠诚，认为魏徵是个贤才，不仅没生气，反而把魏徵提拔为谏议大夫，后来直至丞相。另外，还选用了一批李建成、李元吉手下的人做官。原来跟随李世民的官员都不服气，背后嘀咕："我们跟随李世民那么多年，现在他当了皇上封官拜爵，反而让仇人先沾了光，这算什么规矩？"宰相房玄龄把这番话告诉了唐太宗。唐太宗笑着说："朝廷设置官员，为的是治理国家，应该选拔贤才，怎么能拿老关系来作选贤的标准呢？如果新来的人有才能，老的没有才能，怎么能排斥新的，任用老的啊！"

李世民三请张古老

　　大唐初年，边关告急的战报一夜五次飞到长安。这可把太宗李世民急坏了，决定御驾亲征。他和元帅尉迟恭带了二十万大军直奔东北边境。

　　人人都知道"日抢三关，夜夺八寨"的黑脸大帅尉迟恭，打仗时确实有万夫不当之勇，可就是脾气很急。本来这行军就很赶，可他还下令急行，恨不得日夜连轴转。这会儿正是夏初的时节，老天爷的脸说变就变。眼看离北边的燕山只有百八十里了，忽然天上乌云密布，跟黑锅底似的。"轰隆——"一声雷响，下起瓢泼大雨来，大道上泥泞不堪，队伍人困马乏，走不了了，只好就地扎营，盼那日头早点出来好行军。谁知这雨没完没了，一下就是十来天，可把唐军窝住啦！李世民、尉迟恭愁得不得了。军营里的粮草眼看要光了，后边的粮草车还没影。这二十万人出征，人吃马喂的，可不是闹着玩呀！尉迟恭一连下了十道令箭去催粮草，可回来人报告说，半路河里发了大水，粮车被阻，难以通过。你说要命不要命！

远水解不了近渴。大雨刚一停，尉迟恭就派人到附近征调，谁知老百姓受够了兵抢马夺，见当兵的就躲。尉迟恭没办法，只好到李世民那儿去请旨。

李世民也折腾得几宿没合眼，听了尉迟恭的禀报，他沉思了一下说："不要派人了，咱们一起去！"

李世民、尉迟恭和几个谋士便走出了军营，转过了几个土岗子，来到一个村里。老百姓都以为他们是做买卖的，没人再躲。他们刚要找人询问，忽然土岗子前边传来一片孩子的喧闹声：

唐王，唐王，

打仗缺粮。

计算不周，

愁坏心肠。

尉迟恭听见这儿歌就火了："这都是村里的刁民成心跟皇上作对，等我拿他几个来！"他这一喊，像半空打了个响雷，把孩子们全吓跑了。

"慢着。"李世民一把拉住了尉迟恭，"儿歌不会轻易出，村里说不定会有高贤，咱们不妨登门去请教。"

他们正说着，过来几个扛犁的庄稼人，上前一问，几个人都乐了："这儿哪有什么高贤哪！"他们上下打量了唐王等人说道："看你们几位像是远道而来吧？还不知道我们这里的事情。在这方圆左右，谁有难事都问张古老。张古老脾气古怪心眼却很好，你们有什么难事去问他吧！"

"他住哪里？"

"北边的后骆驼港！"

唐王大喜，要尉迟恭赶回军营，备厚礼去请张古老。

尉迟恭嘴上领旨，心里满肚子不高兴："一个乡巴佬，也至于这么大举动？"他回到军营，派士兵拿大令去传张古老。谁知去了一个时辰，士兵独自回来了，说张古老不肯来。尉迟恭火冒三丈："我去把他绑来！"说着，骑上马就奔后骆驼港去了。

李世民听说尉迟恭去拿张古老，知道糟了，急忙赶到大帐，见尉迟恭垂头丧气地回来了，就问：

"你请的人呢？"

"早没影了，要是找到他，非把他……"

"住口！十万军马困在此地，你却任意胡来。叫士兵备马，你随我去赔礼！"

唐王一行人直奔骆驼港去，可到了张古老的住处，还是不见人影，问遍了村里人都摇头说不知道。

尉迟恭说："你看，皇上来了他也走，我看还是另想办法吧！"

"不，请人要有诚心，刘玄德能三顾，咱们不能三请吗？只要能找条生路，来十趟八趟也值得！"

尉迟恭笑着说："刘玄德请的是能人诸葛亮，而主公请的是乡下老头，值得吗？"

"休再多言，明日再来！我就不信用诚心打不动张古老！"

谁知又往来了两天，张古老的门上还是挂锁无人。尉迟恭埋怨道："我看这张古老根本就没什么能耐，成心躲我们呢！"

李世民长叹一声："看来天不助我这无道之人，难道只有退兵不成！"

晚上，李世民闷闷不乐地在帐内召集各营将官商议计策。众将领互相看看，都摇了摇头，营帐里沉闷无声。

正在这时，忽然军士进来禀报："启禀皇上，帐外来了一个老汉，自称是张古老，要见皇上和元帅！"

"哎呀，来得好哇！"李世民惊喜万分，"众位爱卿，快快出迎！"

帐外，月光下站着一位白发长须的老头。他见了李世民，慌忙参拜："老汉我是个乡下老朽，却蒙皇上几次到寒舍，心里实在不忍呀！"

尉迟恭心里好恼："这个乡巴佬，果真古怪透了。三次请你你不来，今天又自己找上门来，实在是不可思议呀！"

李世民连忙给老人让了座，把北征遇雨缺粮的事说了一遍，求张古老想想办法。

张古老说道："皇上为国为民的一片心意，百姓已经知晓了。只是眼下麦子未熟，乡亲们家中存粮又不多，即使全部征来，也不够用呀！"

"哦，原来这样，那就只有退兵了吗？"

"不！"张古老站了起来，"老汉今天就是为此事而来的。要解决这二十万军马的粮草，只有前面河套中那千顷沙滩能做到！"

"沙滩？"众人迷惑地望着张古老，"这沙滩寸草不生呀！"

"不，有一种鸡鸣谷，只要水分适量，就能在这沙滩中生长。据说，这谷子还是神农氏见这一带多沙地而留下的。这谷子，晚上播下，明日鸡鸣天亮就能发芽，正午就可结穗，所以叫鸡鸣谷。因秧苗矮小，收成少，种的人就不多了。皇上如果在这千顷沙滩播下，三两日内就可解这危难！"

"哦，有这样的神谷？只是谷种从何而来呢？"

"老汉我均已备齐，皇上不必担心。"

"好哇！还有这耧耜之物一夜能备齐吗？"

"皇上，你来看！"张古老说着，领着李世民和众将出了军营。走出不远，就听前面一片喧闹声。月光下，一片黑压压的人群，扛着耧耜、曲辕犁，牵着牲畜的人还不断从四面八方涌来。张古老指指人群道："老汉得知皇上亲征抗敌，三日来走遍了四乡，邀集众乡亲今晚在此相聚。只要军令一下，立刻就可下种。"

众人听了张古老的话，又惊又喜，李世民更是激动万分："父老乡亲之情，理当重谢，老丈更应加封呀！"

"不，不！"张古老摆摆手，"百姓只盼有个圣明之主，能使我们安居乐业，别无他求呀！"

尉迟恭不解地问道："老丈既然有此鸡鸣谷，为何让它拖到今日呢？"

张古老摸摸胡须笑了："将军还不知道这鸡鸣谷，地干不生，水旺不长，必须在雨后三日方可下种。我如果在三日前拿来给将军，将军心急如火，必定立即下种，那岂不误了大事吗？皇上、元帅，快快传令吧，不可再耽误了。老汉我告辞了。"说完，转身走去。

望着老汉的背影，尉迟恭想起了当初的莽撞，心中十分懊悔。他急忙传令各营将士前去帮助百姓们播撒谷种。将士和百姓一齐动手，一夜之间全部播种完毕。

到了鸡鸣天亮，沙滩上果然一片葱绿。时间到了正午，千顷谷地，一片金黄。众人高兴地说："真是神谷啊！"

谷子收割了，士气大振，李世民和尉迟恭下令一鼓作气，继续进兵，不久就把敌兵打败了。边境上从此太平安稳，唐代官兵和百姓都很感谢鸡鸣谷，更感谢张古老。

武则天与牡丹花王

牡丹是百花之王，且品种很多，生长在全国各地。但是全国各地的牡丹要数洛阳牡丹最好。洛阳牡丹为什么比其他地方都好呢？这里还有一个故事哩！

武则天废了唐睿宗后，自己当了女皇，改国号为周，自称圣神皇帝。武则天把反对她的人都给整垮了，最后打败了徐敬业、骆宾王的大军，取得了天下。

这年冬天，鹅毛大雪下个不停，长安城里一片洁白，大臣们讨好地对武则天说："万岁治国有方，威震四海，如今天下太平，瑞雪纷飞，明年定然五谷丰登，国泰民安！"

武则天听了这话，心里十分高兴，命宫女们摆宴，她要饮酒赏雪。不一会儿，酒宴摆上来了，武则天一边喝酒，一边吟诗，她一时高兴，就走到院里观赏起雪景来了。她看到后宫院内白花花的一片，花草树木也都披上了银装，虽说瑞雪兆丰年，但总觉得颜色单调，草木凋零，心里就有几分不痛快。这时她已经有点醉意，宫女劝说："天色不早，万岁起驾回宫吧，明晨再来观赏。"

武则天也觉得难以支撑，就由宫女搀着回宫了。但她心里还有点不高兴，就叫宫女拿来文房四宝，写下了一首诗：

明朝游上苑，火速报春知。

花须连夜发，莫待晓风吹。

写完，她就迷迷糊糊地睡着了。第二天清晨，宫女们慌慌张张地禀报："启禀万岁，上苑的百花连夜开放了！"

　　武则天觉得很奇怪，但一看案上的诗，她就明白了，这是百花奉旨开放了。武则天心中大喜，就带着宫女们向上苑走去。

　　上苑的百花正在寒冬中休养生息，准备来年献花。忽然接到武则天的圣旨，命她们连夜开放，一个个惊慌失措。只有花王牡丹仙子全然不理会，她劝大家说："武则天太专横，她已经乱了人世，还想来乱花时，不要理她！"百花说："姐姐法力高强，抵挡得住；我们道行浅薄，不敢抗争。"

　　牡丹仙子冷笑说："武则天再厉害，也不过是人间凡王，我看她能把我怎样！"说罢，牡丹仙子仍然在雪中休养，其他百花不敢抗旨，只得仓皇开花了。

　　武则天带领宫女来到上苑，看到百花破雪绽开，万紫千红，心里十分得意。突然，她看到花木丛中，还有几株披霜裹雪，没有开放。仔细一看，全都是牡丹，不由得勃然大怒："大胆牡丹，如此放肆狂妄，竟敢抗旨！速将她逐出长安，发配洛阳邙山。"

　　就这样，牡丹被武则天贬到邙山。但洛阳人爱花成性，看到邙山上添了新花，家家户户都来移栽培植。待到来年，牡丹仙子也不辜负洛阳人的爱戴，加倍出力，把各色牡丹开遍了邙山上下和洛阳城内外。

　　这年，武则天到洛阳游春，看到邙山上人山人海，热闹非凡。乘轿到山上一看，原来大家都在观赏牡丹。那牡丹和往年长安宫里的可大不一样啊！她们有千层叶瓣，万种颜色，千姿百态，娇艳无比！武则天一看，心里更加有气，怒骂："好个牡丹，我把你发配洛阳邙山，叫你永世孤单，不料你这般卖弄风骚，招蜂引蝶，这回我叫你断种绝代！"说罢，就命人放火烧山。游人散了，武则天也怒冲冲地走了。

　　来年春天，武则天得意扬扬地来到邙山，想看看牡丹的焦枝枯叶，但她到了那里，却大吃一惊。原来，这年的牡丹比往年开得更艳丽，游人也比往年更多！她细看牡丹的枝叶，只见秆茎上带有黑印，想必就是去年烈火焚烧的痕迹了。她无可奈何地叹了一口气说："天意不可抗，民意不可违。牡丹气数未尽，难与抗争！"

　　没过几年，武则天老死了，而洛阳牡丹却年复一年，越开越旺。后来人们把被烈火焚烧过的牡丹称为"焦骨牡丹"。

朱元璋寻访常遇春

元朝末年，连年灾荒，加上赋役多如牛毛，导致百姓痛苦不堪，怨声连连。这时，各地烽烟四起，天下已经大乱。朱元璋见元朝这样腐败，便立志把它消灭，夺取天下。有道是"三军易得，一将难求"。朱元璋带着军师刘伯温和武将胡大海四处奔走，暗暗寻访大将。

一天，他们三人来到浙江嵊（shèng）县境内，走着走着，便来到了苍岩旁边的小江桥畔。朱元璋见桥墩里有一个黑乎乎的东西，就叫了起来："呀！那是什么？"胡大海下去把它捞起来一看："呵，还是一只鞋呢！"刘伯温忙快步上前："是呀，这鞋这么长！哟，它还是鸡葛屯打的呢！看来这人定非寻常之辈。"朱元璋高兴地说："对呀！那个人要穿这么大的鞋，必定力大无比，说不定还是个栋梁之材呢。快！我们赶快寻访。"于是，三个人一会儿东村进，一会儿西庄出，一会儿访山农，一会儿问渔民，但一时仍没有着落。

有一天，他们翻过七条岭，绕过八个冈，来到了一个小山村。朱元璋叫刘伯温去向村边的一户人家求宿，那屋主人说："老弟，我家有间小屋，本来倒可将就住下，只是家里没有这么多蚊帐，屋后就是竹园，蚊虫特多，恐怕委屈你们……"这时，朱元璋高声说："不要紧！我老朱在此住宿，叫蚊虫去叮竹好了。"就这样，他们三人，白天出去访问，夜里住在他家。这样接连宿了八夜。

在这八天里，他们就以这个山村为中心，到四面八方去细心查访。他们从一个樵夫那里得到消息：这里不远处确有一个高大魁梧、力大无穷的能人，那个人一餐要吃一斗米饭呢。还有个人讲得尤其活灵活现，说他有次去砍柴，亲眼看到了那个人，在河边用钢叉乱刺。问他是怎么回事，他说他看到这小水潭里有两条大鲫鱼，想捉回去给他母亲吃。问他是哪里人，叫啥名字，他说是秤柱坑人，叫常遇春。

朱元璋一听，高兴极了，忙带刘、胡二人，攀山越岭而去。走了好半天，但见山越来越陡，树越来越茂，不多时，见前面半山里有几间竹椽草屋，并有一片小空地，屋门虚掩着。胡大海上去将门一推，突然呼的一声，跳出两只斑斓大虎，张着血盆大嘴，朝他步步逼来，吓得他张口瞪目，忙拿扁担要打。朱元璋一见，忙上前喝道："孽畜！我老朱在此，休得无礼！到山里去玩吧！"这真是"卤水降豆腐，一物降一物"，那老虎被朱元璋一喝，马上伏在地上，驯服得像绵羊一般，接着就自去了。三人进得屋来，但见草屋虽小却井井有条。这时，只听屋里有人问道："春！谁和你一道来了？"一看，原来里面坐着一位双目失明的老太婆。朱元璋忙上前说："老大娘！是我们来了。"老太婆却大吃一惊："啊！你们是谁？你们是怎么进来的啊？"她想，自己和儿子逃难到这里，一晃已有好几年。自从自己双目失明之后，为了看好家，她儿子特地到山里活捉了两只老虎，把它们养起来看门，从此就没有一个外人进来过。怎么今天有人能进来呢？朱元璋恭敬地说："老大娘！门口的那东西见了我们摇头甩尾地蛮客气呢！如今我叫它们出去玩一会。"老大娘晓得这几个不是寻常之人，急忙热情地请他们坐下，问他们三人到此山窝做啥。于是，朱元璋就向她详细地讲述了天下大势，讲明这次出来就是来访贤求士的，要她答应常遇春一道出去打天下。常母听了这番言语，既是高兴，又是担心。高兴的是有人出来消灭元朝，统一中国，他儿子可以干一番轰轰烈烈的事业。担心的是自己年迈失明，这一来生活不便，何况他儿子又是个孝子，一定不肯出去的，这怎么办呢？急得她坐立不安。但常母经过慎重思考之后，觉得还是应该让儿子出去。就对朱元璋等三人说："我春儿性情鲁莽，为了说服他，我倒有个主意，不知使得使不得？"刘伯温忙说："什么好主意？"常母说道："我儿归来，你就说是我失散多年的弟弟好了……"话音未落，外面果然响起了沉雷般的响声："娘！怎么啦？两只山猫呢？"朱元璋一望，只见常遇春身高一丈，方面大耳，熊腰虎背，气宇轩昂。心中大喜，忙上前去打了一躬。可常遇春一见三人，也大吃一惊："啊！我说山猫怎么不见了，原来是你们搞的鬼。呸！你们是哪里来的山神野鬼？敢到太岁头上动土！赔我山猫，不然，休想出门一步！"说罢挽袖将拳，就要动手。常母忙喝道："春！不要无礼！你道他们是谁，这是你的娘舅！唉！我们姐弟被元兵冲散已二十来年了。快来见礼。"常遇春忙过来向刘伯温赔礼。接着，刘伯温就从朝廷到百姓，从天文到地理，山南海北地谈了起来。常遇春虽赞同改朝换代，夺取天下，但他说："我娘已年过七旬，又是双目失明，尽管有处安身，可我眼前确实无法分身。且待我娘百年之后，我一定同来共举大事。"这时，常母晓得儿子的脾气，就说："春，你另外别无亲人，日后你要听娘舅的话。客人远道而来，家里没什么小菜，快去弄点山货回来再说。"常遇春连声说是，就向三人拱拱手，接着往外一纵，转眼不见了，把胡大海惊得直瞪双眼。这时，常母庄重地理理双鬟，对朱元璋说："好！我就把春儿交给你们了。不过，要他如今就去，还得想个办法才行。我看只要如此……不过，这要委屈你们一下。"他们三人听了，都觉得是个好办法，就按照常母出的主意，把自己反绑在屋外的大树上。

等他们三人伪装好后，常母又一一查过，然后，就摸进后面那间草屋。不多久，猛听得啪的一声，接着就有浓烟喷出，霎时火光冲天。朱元璋想不到有这一出，急得似乱箭攒心，但又动弹不得。这时，只见常遇春左手挟着一头野牛，右手拎着两只野猪，攀山越涧而来，后面跟着两只像猎狗似的看门老虎。他一见火光，猛地一惊，忙把野物一抛，狂奔而来，连声高喊："娘！天呀！我的娘呀！"当他从火堆中寻出尚未烧尽的尸体时，忙跪在地下，抱尸号啕大哭。

这时，刘伯温流着眼泪对朱元璋说："常母真是位识大义的良母，为了解除儿子的后顾之忧，竟自焚而去，真是个巾帼英烈啊！"朱元璋连连点头说："是呀！日后我老朱如坐龙廷，一定要好好册封这位深明大义的良母！"

常遇春开始也曾怀疑这是三个远方来客所为，但当他怒气冲冲地找到三人时，却发现他们都被反绑在树上，忙问："这是怎么回事？"于是，刘伯温就按常母的交代讲了起来："你出门不久，突然闯进一大批元兵，一见我们三人，就拉我们到屋外盘查去了。一个当官的还逼你娘交出十只鸡，你娘求告说真的没有，可那些狗贼们蛮不讲理，伸手一巴掌，将你娘打倒在地。当我们三人赶过来和他们评理时，这班野兽仗着人多势众，反把我们团团围住，硬把我们反绑起来，说我们多管闲事，要活活饿

死我们呢！后来这伙贼人就把你娘活活地烧死了，唉！这世道还是人过的吗？如今，你已被元兵害得家破人亡，又无后顾之忧，就安心跟我们打天下去吧！"朱元璋接着说："是呀！你娘不是讲过，叫你听娘舅的话嘛！如今国恨家仇，都逼着你造反，你就跟我们一道走吧！"

从此，常遇春跟随着朱元璋南征北战，为建立明朝立下了汗马功劳。

乾隆的理发师

春节刚过，乾隆皇帝就去江南微服私访了。在农历二月初一这天，他经过天津卫，夜里就住在北马路五彩号胡同的龙亭里。

第二天，乾隆起床后问随从太监："今天是什么日子？"太监说："启禀皇上，今儿个是二月二。"乾隆听了心中非常高兴，说："哦，今天是龙抬头啊！是剃头的好日子。我要剃头，整容，讨个吉利，一路平安。"于是就吩咐太监去找个技术高明的理发师傅来。太监急忙到城里的一家剃头棚请来一位手艺最好的理发师傅，先教他一套参拜皇上的礼仪，然后才领他面见乾隆皇帝。在理发师傅行了大礼以后，乾隆说："给朕理发有三条规定，一不许用臭嘴熏我，二不许喘大气喷我，三不许给我脑袋瓜拉口儿！"

本来，这位理发师傅听说要给皇上剃头，早就慌了神；现在又听了这三条规定，更吓得六神无主，四肢发抖；要想不剃，可又犯了"抗旨"的罪，也是杀头。没有办法，只得硬着头皮给皇上剃头。太监还挺照顾他，给了他一把砂仁、豆蔻，让他含在嘴里防止口臭。那时所谓"剃头"，并不是整个剃个"光葫芦"，而是在头中心梳辫子，周围留一圈齐马穗儿，俗称"留锅圈儿"，然后再用剃头刀刮边。这位理发师傅越是心慌，手就越发抖，剃了没有两下，心一慌，手一抖，"哧儿！"就在乾隆皇帝的后脑勺上拉了一个口子。乾隆喝骂一声："混账东西，你要刺王杀驾吗？把他拉出去！"护卫们立刻把理发师傅拉出去砍了头。乾隆把太监骂了一顿，命令再请一个手艺真正高超的理发师傅来。

不大一会儿，太监又找来一位理发师傅。乾隆把三条规定重说了一遍，还加了一句："如给朕拉了口儿，可小心你的脑袋！"这句话又把理发师傅吓得脸色惨白，手哆嗦得更厉害了。剃了没有三下，嚓的一声，乾隆的脑门子上又被拉了一个口子。乾隆更生气了："好大胆的贱民，敢在朕的面前行凶，快给我推出去！"护卫们又把这位师傅砍了头。

一连拉了两个口子，可把乾隆气急了，拍着桌子命令太监："快去把他们掌柜的叫来！"太监也害怕了，慌里慌张地跑进剃头棚，冲着掌柜的撒气发威："好你个混账东西，你叫两个废物去给皇上剃头，把皇上脑袋瓜儿拉了两个口子，直冒血。皇上急了，叫你亲自去剃，剃好了有赏，剃不好你也别要脑袋了！"掌柜的一听，吓得魂飞魄散，体似筛糠，急忙跪下磕头求饶："太监老爷，我胆小不敢见皇上，您另请高明吧！"太监骂道："你敢抗旨不遵吗？难道你就不要命啦！"掌柜的心想："两位手艺高的师傅都不行，我这两下子更是白搭了。哎，不如三十六计，走为上策。"于是他面带假笑地说："您别着急，我去。请您稍等一会儿，我到后边换件衣服，解个手就走。"掌柜的点头哈腰地刚一说完就溜到后边，逃走了。

这时剃头棚里只剩下一个十六七岁的小徒弟。他是小县城人，因为家乡连年闹灾荒，逃难到天津卫求条生路，就在这家剃头棚签下了卖身契学手艺。从前的学徒不许用姓名，只叫小名，这小伙一口土腔，掌柜的和师傅们给他起了个外号，都叫他"小怯勺"。别看他说话口音侉，可人聪明、勤快，是个机灵鬼儿。他正在练剃头的基本功——手拿着剃头刀刮冬瓜皮上的一层白霜，一刀一刀地把白霜都刮掉，刮得干干净净，还不许刮破一点冬瓜皮儿。小怯勺已经练得挺熟练了，很想给人剃头试试手，可是掌柜的还不敢叫他上座。这时，小怯勺早猜到掌柜已经溜号了。他眼珠一转，想了一个主意，就装作没事儿似的，站在墙角不紧不慢、稳稳当当地刮冬瓜。

太监等了一袋烟的工夫，还不见掌柜的回来，就冲着这小怯勺气势汹汹地喊道："你们掌柜的怎么还不回来？"小怯勺笑笑说："公爷，您别着急。实话对您说吧，我们掌柜的怕见皇上，他是溜之大吉啦。让我去给皇上剃头中不中啊？"太监一听，把头摇得像拨浪鼓似的："你简直胡闹！两个耍手艺的老师傅都砸了锅，你个小毛孩定是不行，弄不好连我的脑袋也保不住了。"小怯勺一本正经地说："咋的？公爷您别看我岁数小，咱的手艺比他们高着哩！俗话说，有志不在年高，无志空活百岁。您就让我去吧，准保让皇上满意。"太监一琢磨，掌柜的跑了，正愁没处找人，只好带着这个小替死鬼去交差。

他们来到龙亭，乾隆见是个小孩，立刻满面怒容，刚要斥责太监，小怯勺马上给乾隆磕头说："启禀皇上，您别看我人小，手艺可是呱呱叫呀，大伙都叫我'剃头小神童'。我要是给您剃不好，就杀我的头中不中？"乾隆一听这小嘴真乖，能说会道的，气消了一半；再仔细一瞧，这小孩眉清目秀，个头儿不高不矮，长相显得那么精神，心里又生了三分喜爱，于是就答应让他剃头了。

小怯勺开始也有点怕，可心里却打好了谱："如果俺一失手给你拉个口子，那就豁出去了，不等你砍我的头，我就来个先下手为强，咔嚓一下先把你的脑袋削下来。拿我这条小命儿换你这皇帝的老命也够本了。"他这样一想，也就不害怕了。再者，小怯勺的基本功也练得扎实，心里沉稳，手头灵巧，动作轻快，干净利索，不大会儿工夫就剃完头、刮完脸、梳好了辫子。乾隆皇帝好像一点感觉也没有，舒舒服服地就理了发，整了容。拿镜子一照，嘿，既漂亮，又大方，心里甭提多高兴了，不由得伸出大拇指连声称赞："真不愧是剃头小神童！"又转回头埋怨太监说，"要是早请他来，何至于给我拉两个口子！"太监急忙跪下说："奴才有罪，奴才该死！"

这时小怯勺接话说："启禀皇上，这咋能怨公爷呀？其实那两位师傅都比俺手艺高啊，因为他们害怕给您剃坏，手就哆嗦，这才伤了您的龙头。"乾隆很纳闷地问："那你怕不怕呢？"小怯勺镇定自若地回答："您是真龙天子，天下属您最尊贵啦！您叫我剃头，相当于把龙头交给了我，刀子在我手里攥着，您都不怕，我是个小剃头的，无名之辈，跟您相比，是一天一地，俺还怕啥！"

乾隆听了这番话，前思后想，恍然大悟，心想："哎呀！那两位师傅是忠于我的，才怕我……错杀了，错杀了！后悔也来不及了。只好给他俩好装裹、好棺材出大殡，还要多给他们家属抚恤银两。"乾隆想罢，便开付银票，命地方官去办理善后。

乾隆很喜欢小怯勺，见他手艺好，有心胸，十分机智，又能言善辩，就封他为五品随驾官，专给自己理发整容。

过了两年，小怯勺请假探亲，所率人马声势浩大，乡亲们夹道欢迎，锣鼓喧天，好不威风。

康熙调解纠纷

康熙有些武艺，且喜爱打猎。这一天，在侍卫的前呼后拥下，又来到一座森林。康熙一眼看见一只花翎野鸡，正要开弓，突然从树林中跑出两只小梅花鹿。康熙放下雕弓，观看那两只梅花鹿，只见惊恐的小鹿怪叫着掉头向山冈上跑去。康熙十分好奇，就率随从们催马追赶上去。

他们跑下一座冈，又上一座冈，在一片杂木林里，小鹿不见了。康熙见林中有人正争抢一只大梅花鹿，便命侍从前去一探究竟。侍从回报："陛下，两个乌喇贝勒各领一帮壮勇，正在争抢一只梅花母鹿，且互不服气，已经厮打起来了。"

康熙率众飞马来到近前。两伙人见旌旗伞盖遮天而来，都放下兵器，跪在地上，不敢抬头。康熙问道："因何争斗？"一个贝勒说："禀皇上，这里是奴才的围场。"另一个贝勒说："禀圣上，奴才围场的鹿逃到这里来了，因此前来追讨。"两个贝勒各执己见，还要争辩。康熙皇帝道："因一只野鹿，竟伤了和气。退下！回宫再议。"侍卫们过去摘下了两个贝勒的顶戴，将他们押回行宫。

康熙回到大乌喇布塔噶山行宫，马上派人冒着小雨到周围暗中查访。他得知这一带的大小山林都叫贝勒、将军、宗室们瓜分了，非常痛心。当他听说族人内部连年争斗，闹得连驿道都不通畅时，拍案道："长此下去，岂不无法无天了吗？我定要杀他几个，灭灭他们的锐气！"

晚上，康熙翻来覆去睡不着，思来想去。初来乌喇，功臣

语言描写 将事情、人物及起因交代得一清二楚，同时制造阅读气氛，扣人心弦，引起快速阅读的欲望。

反问手法 用反问加强语气。康熙来乌喇，是要造福黎民百姓，改造特权阶级，天下大治的。

遗老甚多，自己临政不久，怎能以此图治呢？北方罗刹又时有进犯。励精图治，贵在人和，种族内部岂能自相残杀？

第二天，康熙把将军、贝勒和亲随大臣们传进行宫。大家都以为皇上要发怒，怪罪下官；两个争斗的贝勒，有惊驾之罪，必死无疑了。

当众人正在猜测之时，康熙笑道："朕身穿的袍子织得好看吗？"众臣异口同声地说："天下无双，天下无双！"康熙又说："朕初访乌喇，没有所赐，就将这锦袍分赐众位勋臣吧！"大家一听，都惊呆了，皇上的龙袍，哪个敢分割呀！

康熙笑了笑说："乌喇锦绣山川，良田沃土，都是先王留下的，可供万民衣食之用。民富可使民安，民安才能国强。它就像朕身上这身袍子，是能工巧匠用经丝纬线织成的，如果众手都来抽丝拔线，它还能是袍子吗？乌喇土地怎能私占豪夺呢？"

那些贝勒们听后又羞又怕，从此以后，再也不敢互相争斗了。

> **语言描写**
>
> 康熙慷慨陈词，富有号召力和感染力，而且运用比喻，将山川比喻为袍子。最后两个反问，语气坚定，要维护百姓利益。

康熙题匾

康熙皇帝南下，来到了杭州。他在西湖四周到处游山玩水，吟诗题字，自称是个风流皇帝。

一天，他传旨要到灵隐寺随喜。灵隐寺里的老和尚得知消息后，真是又惊又喜，连忙撞钟击鼓，把全寺三百多个和尚都召集起来。和尚们披起崭新的袈裟，头顶檀香，手敲法器，嘴里念着经文，跟着老和尚赶到三里路外的石莲亭，把康熙皇帝迎进了灵隐寺。

老和尚陪着康熙皇帝在寺前寺后、山上山下转悠了一遍。康熙皇帝见灵隐寺四周有高高的山峰，清清的泉水，山上长满绿茵茵的树，地上开满红艳艳的花，真是一个好地方呀！他心里一高兴，就吩咐在寺里摆下素宴。

皇帝摆筵席，可热闹啦！吹的吹，弹的弹，唱的唱，一时把这个佛门净地，竟变成了帝王之家！康熙皇帝一手捋着山羊胡须，一手捧着酒盏，边喝素酒边吟诗。

老和尚早听说过康熙皇帝喜欢吟诗题字，便去找跟随康熙皇帝的地方官商量："大人呀，我想求皇上给山寺题一块匾额，你们看行不行？"

杭州知府说："好哩，好哩，如果皇上给你灵隐寺题了匾额，就连我整个杭州府都沾光啦！"

钱塘县官也接上话来："皇上酒兴正浓呢。你这时候去求他题匾，我看他一定会答应的。"

老和尚心里落了实，就壮壮胆子，走到康熙皇帝面前跪下磕头：

"皇上呀，看在灵隐寺大菩萨的佛面上，请您替山寺题块匾额，也让我们风光风光吧！"

老和尚这一求，正好搔着康熙皇帝的痒处。他点了点头，抓起笔唰唰几下，就写起一个歪歪斜斜的"雨"字。这时候，他素酒已经喝多了点，手腕有点发颤，落笔又忒快了些，这个"雨"字竟占了大半张纸。灵隐寺的"灵"字，按老写法，在"雨"下面还有三个"口"和一个"巫"呢！现在只剩下这小半张纸的地位，随你怎样也摆不下了。重新写一张吧，那多么丢脸呀！康熙皇帝一只手抓着笔，一只手不住地捋他那撮山羊须，可是一点办法也没有。围在旁边的官员们，明知道康熙皇帝下不了台，但是谁也不敢明说，只能站在旁边干着急。还好，有个名叫高江村的大学士想出了一个办法。他先在自己手掌心写了"云林"两个字，再装作磨墨，挨近康熙皇帝身边，偷偷地摊开手掌。康熙皇帝一看，哎呀，这两个字真是救命菩萨呢！不觉清醒一半，便稀里糊涂地写下"云林禅寺"四个大字。写完，把手一扬，将毛笔抛出老远。

老和尚过来一看，不对呀！"灵隐寺"怎么写成"云林禅寺"呢？他也不看看风色，就结结巴巴地问：

"我们这里叫作'灵隐寺'，不叫'云林寺'呀！是不是皇上写错啦？"

康熙皇帝听了，把眼睛一瞪，喝声："多嘴！"老和尚哪里还敢再开口，只好恭恭敬敬地立在旁边了。康熙皇帝回过头来，问官员们：

"这地方天上有云，地下有林，你们说说，把它叫作'云林寺'对不对？"

"对呀，对呀，皇上圣明！"

听官员们七嘴八舌地奉承他，康熙皇帝乐得哈哈大笑，便吩咐把匾额雕好挂上。

皇帝一句话，官员们就忙了。他们一面叫人将灵隐寺原来的匾额换下来，一面找来雕花匠，把康熙皇帝题的"云林禅寺"四个大字雕在红木上，贴金底，黑漆字，二龙戏珠镶边，当场挂到山门上。

从此以后，灵隐寺就挂着名不副实的"云林禅寺"的匾额。但是，杭州的老百姓并不买他的账，尽管"云林禅寺"这块匾额一直挂了三百多年，大家仍旧叫它"灵隐寺"。

郑成功在台湾

开篇点题

开篇第一句就交代了人物（何廷斌）、地点（高山族聚居村）、起因（赶走荷夷）、目的（收国土、救人民）。

人物描写

人物动作、神态、语言等描写，既表达了心声也联络了感情。

郑成功收复台湾后，派何廷斌前往高山族聚居的山村了解情况，并向当地民众说明义军来此是为了赶走荷夷，收复国土，拯救人民的。

原来，荷夷散布谣言，说"国姓爷"打来，为的是抢夺财物，见人就杀，见屋舍就烧。吓得高山族同胞人心惶惶，把粮食都藏起来，把壮丁送往深山石洞里躲避，不敢待在村社里。

何廷斌回来把详情报告以后，郑成功屈指一数，登陆已经十二天了，该到高山族同胞那里走走看看了。于是就携带烟、布，由何廷斌带路，往新港、加老湾、萧垄和麻豆四大社去了。

一路上，何廷斌向郑成功介绍当地的风土人情、物产资源。高山族的酋长，召集全村同胞，载歌载舞，欢迎郑成功到来。酋长恭恭敬敬地献上了四项礼品：黄金、白银、稻草、泥土。

郑成功收下泥土，高兴地说："我们都爱土地，这是祖先开拓的土地，闻到泥土的香味，我们的心就贴在一起了。"

酋长问："四项礼品，黄金为先，怎么不收金，只收土？"

郑成功满脸笑容，回答说："土地里面出黄金啊！"

酋长说："那么就请再选一项礼品，作成双吧！"

郑成功就又收下稻草，激动地说："我们一起在土地上耕种收获，年年五谷丰登，人民安居乐业，该多好呀！"

酋长明白了郑成功的心意，再也不劝他收金银了。另外，民间还流传着郑成功帮助当地同胞发展生产的故事。

相传，郑成功收复台湾，常常带杨英他们在高山族聚居的山林察访。一路上，他只见刀耕火种，农活未免吃力费事，心里惴惴不安，说道："我们应该帮他们改进农技！"

杨英提议，给每个高山族村社送去一副铁犁铁耙，一头耕牛；同时选派一些熟悉农耕的士兵，赶牛犁田耙地，好让高山族兄弟看得懂，学得来，推广农耕操作技术。

水虞厝是最早学会使用耕牛犁田、深耕细作的地方，这里年年农业丰收，粮食成倍地增加，日子好比芝麻开花节节高。

喝水不忘掘井人，农业收成好，当然忘不了郑成功的恩德。因为水虞厝和虞溪两岸住了一些来自晋江、泉州的居民在开拓荒地，郑成功特地送来了八头水牛以鼓励发展农耕。这八头水牛越繁越多，替附近的高山族兄弟耕田犁地，处处生产都有了好收成。不久，当地人募钱盖了座大庙，要给郑成功塑像。可是长辈们说："郑成功再三嘱咐，开发祖祖辈辈的土地，是中华民族的大事，决不能把功劳归给他一个人。"

为了尊重郑成功的叮嘱，水虞厝的大庙就塑了一头大水牛，让人们祭祀。不过每当人们朝拜大水牛的时候，都会记起郑成功赠牛送犁耙的功绩，都会讲述郑成功造福于台湾人民的故事。

欧阳修巧对赖秀才

从前，有一个赖秀才很喜欢作诗，可是他只会作上两句，不会作下两句，你说他，他还不服气。有人告诉他：在欧阳县里，有一个欧阳大庄，庄里有一个先生，名叫欧阳修，此人出口成章，不管什么诗都会作。这个赖秀才听说后，就迁快跑着去

概括叙述

概要叙述欧阳修出口成章，会写诗，为引出后文的精彩情节埋下伏笔。

找他。

走到半路上，他看见了一棵枇杷树，就作诗了："路旁一枇杷，两朵大丫杈。"完了，没词了，又走。走着走着，又遇见一道河，河里有一些老白鹅，又作诗了："忽遇一道河，一群老白鹅。"没词了，又走。走着走着，又遇见一道沟："忽遇一道沟，去找欧阳修。"他嘴里正说着时，就来到了欧阳庄。

在庄头上，他遇到了一个老头，说："老先生，这是什么庄？"

"欧阳庄。"

"有个欧阳修老人，你知道在哪里吗？"

"你找他做什么？"

"我听说这个老先生会作诗、对诗，我找他教教我。"

"你有什么诗难对，说给我听听。"

"别的我也不说，我就说说我走在路上作的。"

"你说吧。"

"我遇到一棵枇杷树，就作了一首诗：'路旁一枇杷，两朵大丫杈。'"

老先生说："未结黄金果，先开玉白花。'这不就对上了吗？"

赖秀才说："是不假，俺怎就不会说呢？"

老先生也不理他，问："还有什么？"

"忽遇一道河，一群老白鹅。"

"鹅在水面上，黄爪泛绿波。"

"忽进一道沟，去找欧阳修。"

"修也不知你，你也不知羞。"

对完了，赖秀才知道自己被骂了，就问："你这位老先生学问这么高，你叫什么名啊？"

"我就是欧阳修。"

场景描写

秀才一面走路，一面作诗，是实实在在的场景。赖秀才这种创作精神却也值得学习。

对话描写

叙述类文章常常用大段或者短句子独立成段的对话描写，读起来轻松有趣，余味无穷。

对话描写

只有精彩语言的对话描写，简洁明确，让人容易接受和理解。

清官海瑞除二张

一天，海瑞正准备备轿出巡，忽然有人击鼓喊冤，就只好改变主意，立即升堂。

告状的是一位山村民女，十七八岁，长得非常漂亮，名叫黄珠珠。她衣衫褴褛，头发散乱，痛哭流涕，手脚还带有血迹。

原来，兵部尚书张鳌有两个侄子，名叫张魁和张豹，他们俩奉命从南京来到兴国筹买木料，欲图霸占黄珠珠。黄珠珠宁死不从，父母被活活打死，她趁混乱逃到县城鸣冤告状。

海瑞听了，非常气愤，当即安顿了黄珠珠，决定捉拿张魁、张豹。但这两个人手下有很多家丁，怎么才能抓到他们呢？海瑞经过再三考虑，想出一条妙计。

第二天，海瑞带着几个衙役，抬着山珍海味来到张魁、张豹的住所。一进门，海瑞就说："二位辛苦，下官失迎了！今天特来慰劳。"张魁、张豹根本瞧不起海瑞，但一看这些山珍海味，便连声说："有失远迎，有失远迎。"说完，一同坐下攀谈起来。

海瑞擅长辞令，取得了张魁、张豹的信任，就邀请他们进城做客，并说："城里有美女，二位如有雅兴，下官愿效劳。"

第二天，张魁、张豹早早来到县衙，果然见有两个浓妆艳服的美女出来迎接。张魁、张豹的骨头都酥了，正要上前纠缠，忽听一声"拿下！"左右涌出两班衙役，将他两人捆了个结结实实。

海瑞立即升堂问罪，两人不肯招认，海瑞叫黄珠珠出堂作证，才无法抵赖。但两人自认为是兵部尚书的亲侄儿，海瑞不敢把他们怎样，竟哈哈大笑，斥问海瑞："海大人，你知道我们是谁吗？"海瑞火冒三丈，大声回答："王子犯法，与庶民同罪；知法犯法，罪加一等！"说完，吩咐左右将两人各打四十大板，送进死牢。

张家的家丁赶忙回家禀报张鳌。张鳌听后,心急火燎,连忙派人送来亲笔书信和白银千两,并许诺日后升官晋爵,要海瑞立即放人。海瑞严词拒绝,行刑时辰一到,便斩了张魁、张豹。

不久,张鳌便勾通宰相严世藩,以"通匪"的罪名把海瑞抓了起来,打入监牢。直到严世藩死后,海瑞才被释放,重新被重用。

"簸箕"轿

方圆几百里都知道,郑板桥一到潍县就坐了"簸箕"。

当时的潍县是出了名的难管之地,豪门、财主、地痞、流氓串通一气,为非作歹,搅得民不聊生。凡是上任的县官,不是和他们一块儿胡作非为,就是落一身罪名,蒙受不白之冤,被他们挤跑赶走。郑板桥是扬州有名的"八怪"之一,又长得貌不出众,当然明摆着要受"算计"啦。在他到任之前,人家就设好了圈套,只等县太爷一到,就给他来个下马威。

这天,郑板桥到底还是来上任了,离潍县城还有二十里,就有一抬四人小轿把他接住了。轿夫们又施礼又鞠躬,郑板桥欢欢喜喜上了轿。谁知,人刚进去还没坐定,那轿子就发疯般地"飞"起来了,活像老太婆簸簸箕,左右摇晃,上下颠簸,直把郑板桥筛得前俯后仰,跳起落下,头上碰出了个大疙瘩,要不是轿栏遮挡,早从里面抛出来了。原来,这是豪绅地痞们设下的"簸箕计",抬轿的都是他们派去的人,而且四人小轿十六人抬,忽跑忽住,忽左忽右,换着班地折腾郑板桥,还一边走,一边哼着怪调子:

今日老爷乍到,

先坐簸箕小轿。

往后不听使唤,

拿你乌纱撂高。

郑板桥是个精明人，其中的"机关"哪能不明白。"哼！瞎了眼的东西，看我饶得了你们！"他心里这么想着，两手紧紧抓住轿栏，两眼不住地从轿窗里往外瞅。"有了！"他心里不禁一喜，高声朝外边叫道："住轿！"

轿夫只好把轿下落了，阴阳怪气地问道："老爷有何吩咐？"

郑板桥走下轿来，用手往右边场里一指说："那旁边堆垛的是何物呀？"

一个轿夫上前答话："禀告老爷，那叫土墼（jī）。"

"墼有何用啊？"郑板桥故意问道。

"老爷熟读圣贤书，这点小小习俗还不知道吗？"那个轿夫有点卖弄地说，"墼，是此地人用来支炕的；炕，是此地人用来睡觉的。"

"好好好！"郑板桥叫道，"快给我把墼抱到轿里，抬到府中给老爷我支炕！"

轿夫们一听，顿时愣住了。另一个赶忙打一躬说："启禀老爷，府内有专供您安歇的棕床……"

"呸！那玩意儿老爷我早睡腻了。"郑板桥打断了轿夫的话，"休再啰唆，一人两个，给我搬到轿中！"

他们心想，不搬就是违老爷之令，治罪不轻呀！只得乖乖听候吩咐，不多不少，一人两个，将墼搬到轿里。这都是些大模子墼，哪一个也得有十来斤，三十二个足有三百斤沉，再加上一个人，可真够他们抬的。轿夫们一个个被压得趔趔趄趄，汗流满面。郑板桥心中暗暗发笑，高声吩咐道："快颠起来，快唱起来！老爷我就爱坐这个'簸箕轿'呢！"轿夫们好比"哑巴吃黄连——有苦说不出"，只顾呼哧呼哧地大喘气了！郑板桥却来了精神，他坐在轿里，摇头晃脑地作起诗来：

叫你簸簸箕，

你偏喘粗气。

抬到衙门里，

一人三板子！

轿夫们听了，吓得脸色惨白，以后再也不敢仗势欺人了。

岳阳楼的传说

唐朝开元四年（716年），有个姓张的大官被贬到岳州（今岳阳市）当太守。张太守到了岳州之后，整日愁眉不展，痛苦不堪。有一天，他带着几个人出去巡视，顺便散散心，可是转了半天，也没找到个风景好的地方。

太阳落山的时候，太守带着随从转到西门外湖边上，看见前面有个圆形石台，上面建了个小亭阁，亭上挂着"阅兵台"匾额。原来这里是三国时期吴国大将鲁肃在洞庭湖操练水兵时修的。张太守登上阅兵台，远望无边无际的洞庭湖，顿时感到心胸开阔多了。一个随从对张太守说："老爷，这里既可登高望远，又可观赏湖光山色，如果在高处筑座楼阁，那该多好呀！"

张太守听了，觉得有些道理，便打定主意，只等良辰吉日，动工建楼。第二天立即出榜，招聘能工巧匠，担任工程总管。

有一天，从潭州（今长沙市）来了一个青年木工，名叫李鲁班，自称擅长土木设计，无论什么亭阁楼台、宫殿庙宇，都能设计得尽善尽美。张太守便命他主管工程，限他一个月之内，画出一座三层、四角、五梯、六门、飞檐、斗拱、盔顶的楼阁图样来。

李鲁班成天躲在房子里，画了又画，算了又算，整整研究了七七四十九天，纸样画了一大堆，不是绘成一座土地庙，就是画成一个过路亭。他每天累得晕头转向，还是没有绘出令人满意的样图。

张太守气极了，他对李鲁班说："眼下工匠来了这么多，只等你的图了。真该死，你误了我的大事！再宽限你七天，到时候交不出来，绝不轻饶你！"

李鲁班吓得冷汗直冒，想来想去，也想不出什么好办法完成任务，一个人坐在湖边上哭起来了。木工、石匠见他哭得实在伤心，都跑去劝慰他说："哎哟，你这个青年人哪，何必这样认真呢，不知道就不知道嘛，好好地在张大人面前认个错就是了。"

也有人说些风凉话："既然取名鲁班，就一定有鲁班的本领，设计一个小小楼阁算得什么！"

李鲁班听了这些话，便诚恳地说：

"各位师傅，我在乡下也做了六年手艺，茅屋瓦房盖过百十来栋，真没有想到画个楼阁图，会有这么难呀。事到如今，只好请众乡亲帮帮忙，往后再重重地报答诸位。"

这时，有位白发老人站到人群前面来了。大家也不知道这位老人叫什么名字，只知道两个月来，他每天都在工地上转来转去，问长问短。他对李鲁班说："鲁班也是从小苦学出来的，如果光躲在房子里画图，是很难画出个好楼阁来的。你还是要和别的师傅多多切磋才好。"

"看样子，你一定也是个木工师傅了。"李鲁班恭恭敬敬地向老人说，"你老人家见多识广，请你费神帮帮我好吗？"

老人说："我没有画过图，只不过呢，我这里有些小玩意儿，你若喜欢，不妨拿去摆弄摆弄，或许会摆出一些名堂来的。"老人把背着的包袱打开，里面装着一大堆长的、短的、圆的、方的木柁柁，还都编了号码。老人随手往地上一摊，说："若是还差点什么的话，到连升客栈的楼上找我就是了。"说完之后，他头也不回地走了。

李鲁班抱起那堆木柁柁，蹲在工棚里苦思冥想，摆来弄去，竟连饭也忘记吃了。

有个年轻木匠见他这样入迷，抓起几个木柁柁往草堆里一丢，说："哼，那个老汉疯疯癫癫的，说不定是个吹牛大王，你真的相信他？"

旁边几个老木匠连忙说："年轻人还是谦虚一点的好，人家年纪那么大了，他过的桥，比你走的路还多呢！你凭什么说他吹牛！"

老木匠们一个个坐下来和李鲁班一起按着木柁柁上面的号码，慢慢地摆弄起来。他们摆了又摆，突然，大家高兴地齐声喊叫起来：

"快来看呀，一座顶漂亮的楼阁模型做好啦！"工匠们听见了，跑过来一看，果然是一座壮观的楼阁模型。不一会儿，整个工地的人都围过来了，人人夸赞不已。可是看来看去，还有个飞檐少了五个斗拱。大家按号码仔细一查，不多不少缺了五个木柁柁。刚才那个丢木柁柁的青年木工，也跑来了，毫不在乎地说："整整一座楼阁的模型都做出来了，差这几个木柁柁愁什么！等我来照样做几个补上去就是了。"谁知他做了一天一夜，木头砍了百多块，就是没有一个合适的。不是长了半分，就是短了半分。这时，他才想起被自己丢掉的那几个木柁柁，觉得很过意不去，只好对大家说："实在对不起大家，只怪我太不懂事，那少了的斗拱，就是先前被我丢掉的那几个。"

"丢在哪里？快带我们去找回来。"大伙齐声问道。

"就在前面的茅草堆里。"青年木匠领着大伙在那一片野草丛里找来寻去，好不容易找出了四个，还有一个却怎么也找不到，野草都被扯光了，也不见木柁柁的影子。

张太守听说楼阁模型造好了，急急地赶来一看，果然气派不凡。他高兴极了，连声称赞说："如此壮观、雄伟，真可谓天下第一楼也。"

"启禀老爷，此楼模型还差一个飞檐斗拱。"

"此楼模型出自何人之手？快快请来将斗拱补上。"

"禀老爷，是个白发老人，不知姓名，只知他住在连升客栈。"

张太守领着大家急急忙忙奔到连升客栈，要找白发老人。老板娘听说张太守亲自来找人，不知出了什么事，连忙慌慌张张跑出来说："哎呀，这个老头子进店两个多月了，白天从不落屋，夜间就在楼上劈呀、锯呀的，闹到半夜。我还以为他帮人家做家具，谁知道他只给那些孩子们做些好玩的。"

"快快打开楼门，让我去看个究竟。"张太守那急不可待的样子，把老板娘吓坏了，她连忙把楼门打开，让张太守查看。

张太守上楼一看，没见老人的影子，只见床上摆着一张绘制得精致美观的楼阁图样，桌子上还有十几个木柁柁。老师傅们认真地翻了一阵，发现桌上正好有缺少的那个号码的木柁柁，连忙拿回去一摆，便构成一个完整无缺的楼阁模型了。张太守和大伙拍手大笑起来：

"这才是真鲁班来了，一定要把他找到。"

可是谁也不知道他到什么地方去了。张太守连忙派人到岳州城内城外四处查访。头天没找到，第二天还是没影子，直到第三天清早，忽然有人前来报信，说有个白发老人在湖滩上用石头砌了一个拱洞，又在拱洞上面砌房子。张太守听了，领着几个人连忙赶到湖滩。可是那白发老人又不见了，只见那石头砌成的拱洞上面，架起了一个非常美丽壮观的楼阁。张太守指着湖滩上的楼阁模型，赞叹道："此人才智非凡！用拱洞做楼基，可真是别具一格。这真是得天之助也！"他抬头一看，只见一个白发老人，手握一把尺子，正在对面高坡上丈量土地，张太守连忙问众人："前面可是——"

李鲁班高兴地叫喊起来："正是他，正是那位老师傅呀！"

张太守赶上前去，一边行礼，一边说："久仰师傅超群技艺，今日得见，真乃三生有幸，敢问师傅莫不是姓鲁？"

白发老头连连摇头说："我姓卢，鲁班是我的师傅。"

"令师今在何处？请求指点，下官有事求见。"

白发老头指着前面许多木工、泥匠说：

"你看他正在那里向老师傅们请教呢。"

众人顺着他手指的方向看去，果然有个异样的老人，正兴致勃勃地和工匠们谈论着什么。张太守领着大家赶过去一看，那些正忙着做事的木工、泥匠仿佛人人都像刚才看见的那个卢师傅，但又分不清哪个是真正的鲁班。待他们回头再去找那个姓卢的师傅时，只见地上留有一把尺子，上面清楚地刻着"鲁班尺"三个字。

张太守急忙登上当年鲁肃的阅兵台，面对八百里洞庭湖水高声呼喊着：

"鲁班师傅——，请你再来哟——"

湖面上，顿时远远近近响起了一阵"来哟——来哟——"的回声。

这时，西边天上，红霞万朵，仿佛有个白发老人，乘着一只白鹤，向水天尽头飞升而去。

木工、泥匠师傅们按照那白发老人设计的模型终于建成了楼阁，并以西城门拱洞作为楼基。人们把三层飞檐拱取名为"鲁班斗"。由于这个楼阁位于天岳山之阳，所以人们就称它为"岳阳楼"。

一文钱难倒英雄汉

赵匡胤是宋朝的开国皇帝。据说，当他还是一名武将时，就已名扬四海、威震八方了。可是，这样一条英雄好汉，曾因一文钱，竟被逼得就地打滚。事情原来是这样的。

有一次，赵匡胤领兵打仗，因寡不敌众，吃了败仗。他单枪匹马冲出重围，跑了一段路程，只觉得又饥又渴，肚里咕咕直叫。想弄点什么吃的，又偏偏前不着村，后不着店。没办法，只好拖着青龙宝棍，无精打采地骑在马上往前行。

他走啊，走啊，走了好远，仍不见一个人影儿。赵匡胤心想：好家伙，难道今天要饿死不成？就在他眼睛发花、恍恍惚惚将要栽下马时，突然前面出现一个黑点，定睛一看，像是一个棚子。于是他打起精神，拍马赶去。黑点越来越近，果然不错，是一个看瓜的棚子，棚子前边是一片青绿青绿的西瓜地，满地的大西瓜，让他顿时流出了口水。他翻身下马，拖着那条青龙宝棍，来到瓜棚旁边，正要开口买瓜时，一摸口袋，竟连一文钱也没有。怎么办呢？继续赶路吧，怕是再也支撑不住了；说明没钱吧，又觉有失自己的身份。他在瓜地边转过来，走过去，也没有想出啥好办法来。停了一会儿，他想了一个混账的办法：到瓜棚只管摘瓜吃，吃罢，如果卖瓜人要的价钱贵，就吓唬一顿，骑马便走。主意拿定，他就三步并作两步进了瓜棚。只见瓜棚下坐着一位胡须雪白、面容慈祥的看瓜老人。赵匡胤粗声粗气地说："老头子，拿瓜来吃！"看瓜老人急忙站起来，笑着说："军爷请坐，我去给您挑瓜。"老人说着去地里挑了一个大西瓜，抱到赵匡胤面前，说："军爷，请吃吧！"

赵匡胤虽说饥渴得很，恨不能一口把西瓜吃掉，但又怕卖瓜的人瞧不起自己，就强鼓起肚皮子说："我又不白吃你的，怎么不称一称？"老人听他这样说，就过了秤。称罢，用刀切开，拱手递到赵匡胤面前。赵匡胤狼吞虎咽地大吃起来。老人坐在旁边也不答话，一边吧嗒吧嗒地抽着旱烟，一边瞧着赵匡胤吃瓜。

不一会儿，赵匡胤把一个十斤重的大西瓜吃了个精光，他用手抹了抹嘴，对着老人瓮声瓮气地说："这瓜多少钱一斤？"边说边在心里合算：他就是说个公道价钱，也要说他瓜贵，有意诈人，吓唬吓唬，便扬长而去。

卖瓜的老人看出了他的用心，笑着说："军爷，自己的瓜，过路人口渴了吃个瓜，从来是不要钱的。"

"胡说！你是有意小看人，难道说我给不起你的瓜钱吗？"赵匡胤说着还故意拍了拍自己的口袋。

"如果军爷真的过意不去，那就按别人吃瓜的价钱，一文钱十斤吧。"老人慢慢地说了一句。

这下可把赵匡胤给难住了：人家不要钱，自己硬要给，价钱又极便宜，可该怎么办呢？他不自觉地又摸了摸口袋，依然是没有分文。此时，赵匡胤脸红了，汗珠也从鬓角渗了出来。卖瓜老人不紧不慢地在等着接钱。赵匡胤服软了，走上前哀求道："老伯伯，我忘了带钱，你有什么活让我干，顶瓜钱好吗？"

卖瓜老人轻蔑地瞟他一眼，说："年轻人，你一来我就看出你饥渴难忍，而又身无分文，可你又装腔作势，出言不逊。如果你真有悔改之意，就请你在地上打个滚儿，顶瓜钱吧。"

赵匡胤无奈，只好在地上打了个滚儿，满脸通红地上了马。一路上，他不住地长叹："哎，真是没有一文钱，逼倒英雄汉啊！"

火烧庆功楼

朱元璋自从做了皇帝之后，总是疑神疑鬼的，担心有人害他的性命，夺他的皇位。特别是那些功臣勋将、开国元老，更使他觉得可怕。偏偏这两年又碰上连年遭灾，非旱即涝。夜间又常常看到有亮晶晶的星星，从天上坠落下来。今天落一颗，明天又落一颗。朱元璋把这些都当成了不祥之兆。又有几个逆臣在他面前嘀咕，胡说什么"天象变化预示人象变化"，他就越发感到许多事情可疑可虑，朝中的功臣勋将，被他借口谋反，一批一批杀掉。他杀人越多，疑心越大，就连有的大臣给他贺寿，他也把人家的好话当成坏话，论罪杀掉了。

这一天，朱元璋独自坐在宫中，闲着无事，疑心顿起，禁不住又打了几个寒战。正在这时，忽然又有检校来报，说某某大臣又在背地发了牢骚，某某大臣又在家里邀人喝酒、聚友密会，等等。朱元璋一听，浑身顿时抖动了一下，心想：这些人，非得狠狠收拾不可了！

朱元璋经过一番苦思冥想，终于想出了一个主意——火烧庆功楼。随即传谕下去，大意是：自从立朝以来，开国勋将，虽然已各赐封爵，但还没有好好为他们庆功表贺，今皇业安定，天下太平，应即做准备，好好地再为他们庆贺一番。另外又传谕工部，立即着手动工，建造一座富丽堂皇的大楼。

　　时光如水，不觉过去了几个月，一座富丽堂皇的大楼已经建造起来。朱元璋亲自写了"庆功楼"三个大字，挂在楼门上。随后，他便选择吉日，举行典礼，并亲自开列了参加表贺的功臣名单，张榜贴示。

　　但是，凡事瞒不过有心人。朱元璋的精心谋划，到底被一个人看出了破绽，猜中了底细。这个人便是"再生诸葛"刘伯温。刘伯温感到事情有点不对头，联想到朱元璋疑心重，以及接连杀了好多大臣的事情，越发觉得这里面有名堂。庆功楼建好之后，他细心观察，终于发现楼房后堆了好些干柴，而且都是由检校和锦衣卫的人亲自动手干的，心中就格外的清楚了。

　　刘伯温虽然看出了破绽，却不敢劝阻，也不敢声张。他思索了一会儿，感到事不宜迟，便立即写了一道奏折，上呈朱元璋，借口自己年纪大了，已经无用，要求告老还乡。朱元璋见了刘伯温的奏折，本想不准，但又念他自从应征以来，曾为自己的王功帝业出了不少好主意，于是皱了皱眉头，说："就让他去了，也罢。"随即用朱笔批了一个"准"字。

　　刘伯温获准还乡，便收拾细软，捆好行装。临走的时候，许多大臣都赶来欢送，他满心悲痛，强忍眼泪，不敢透出半点风声。但是，当他看见徐达时，便再也忍耐不住了，泪珠一下滚了出来。徐达心中暗想：刘丞相突然告老还乡，今日见了我，又凄然落泪，其中一定有什么蹊跷。于是便寻个机会，悄声问道："刘丞相，敢是出了什么事吗？"

　　刘伯温连忙看看左右，见没有什么人在注意他们，才吞吞吐吐地答道："将军切莫多问！等庆功表贺那天，你只管紧紧跟着皇上，切勿离开半步。事后便知，千万要记住啊！"徐达听了，不敢再问，只好忍痛分手。

　　刘伯温走了不久，便到了朱元璋选定的庆功表贺之日。这一天，庆功楼前，鼓乐喧天，爆竹震耳，不一会儿，文武老臣们都来了，一个个喜笑颜开，春风满面。

　　过了一会儿，朱元璋来了，见了众位老臣，显得分外的亲热，又是嘘寒，又是问暖，又是夸奖，又是赞扬，满脸喜气洋溢。太监、侍从前来向朱元璋奏道："酒宴已备，请皇上及众位大人入席吧。"朱元璋转脸望望窗外，窗外早有检校和锦衣卫发出暗号，示意已经准备就绪。朱元璋便高兴地说道："众位爱卿，既然酒宴已备好，我们就快喝酒吧。"众位老臣一听，更加高兴，随即一个个都入了座席。只有徐达站在朱元璋的近处，一步也不肯远离。

朱元璋眼看众位老臣都入了席，心中大喜，便命人将每个人的酒杯里都斟满了酒，又带头端起酒杯，说："众位爱卿伴朕多年，南征北战，功勋盖世。今日特为众位庆功，略表朝廷心意，众位可一定要好好地痛饮一番呀！"说着，便高高地举起酒杯，"来，我先陪众位干了。"说罢一饮而尽。

众位老臣激情满怀，便齐声欢呼道："谢主隆恩，愿圣上万岁！万万岁！"大家也都端起酒杯，一饮而尽。朱元璋又假装高兴地说："好！痛快！痛快！"随即命人："快，再斟酒！"酒又斟满，朱元璋又陪着大家喝了下去。三杯酒过，朱元璋站了起来，说道："众位爱卿，恕我少陪，你们只管尽情地喝，稍迟，我再来看你们。"说罢，便慢慢走出楼门。

徐达见朱元璋走了，也连忙离开了席位，紧走几步，追了上去。

朱元璋已经下了楼梯，忽听身后有脚步声响，可头一看，见是徐达，吃惊地问道："爱卿，你不在楼上喝酒，下来干什么？"徐达低声地哀求道："圣上，您当真一个不留吗？"朱元璋听了，两眼一愣，知道徐达已经发现了秘密，眼珠转了两下，轻声说道："你既已知道，我就饶了你吧！可往后只许你知，我知。如若不然，万不容你！"说罢，便给徐达指了一条去路。

朱元璋和徐达走后不久，庆功楼下便着起了熊熊大火。俗话说："干柴烈火，龙王难救。"转眼工夫，门窗都烧着了。整座大楼火光冲天，浓烟弥漫。"失火了！失火了！"正在楼里面喝酒的文武大臣都惊叫起来，一个个争着往楼门外跑去。但是大火已经封住了楼门。有的拼着命往外撞，却怎么也撞不开门。原来，楼门早被锦衣卫从外面反锁上了。不一会儿，火舌便从门外烧到门内。接着，楼板也烧着了，房顶也烧着了，火苗烧到了那些老臣们身上，衣服都着了火。只见人人都像火人一般，楼上楼下，一片火海。说话之间，火势越来越猛，楼顶的木梁已被烧断，一根根断了的木梁砸了下来，一块块的瓦片落了下来，有的老臣当场被砸死过去，没被砸死的，也都被烧死了。那些功臣元勋在火烧楼塌之下，霎时都化为灰烬了。可怜他们刚才还在喜气洋洋地接受皇上的表贺，哪知一时之间，尽都肉销骨化，命归黄泉。他们哪里知道，这正是朱元璋做了皇帝之后，为了保住他朱家的万年江山而采取的大杀功臣的阴毒之计呀！

佘太君智退辽兵

宋朝时期，辽国日渐强盛，垂涎大宋的锦绣河山，经常发起战争。开始，宋朝有大将杨业带着七郎八虎镇守边关，辽兵来一回，败一回，杀得他们抱头鼠窜，再也不敢来犯。辽王不甘心，就暗中买通宋朝的奸臣使坏。那奸臣都是卖国求荣的主，收了人家北国的钱，就变着法儿害杨家。杨家将一个心眼在前方打仗，哪顾得上防背后的暗箭，没支撑多少年，就战死的战死，被害的被害了。北国的辽王盼的就是这一天，听说杨家将都死了，一声令下，没几天工夫，几十万大军就越过边关，攻到黄河边上，扬言要"活捉宋天子"，占领大宋的江山。

辽王手下有个姓张的先行官，弟兄八个，人称"八大王"。过去带兵攻大宋，没少吃杨家的亏，次次都被打得落花流水。这次又当先行官，想着要报往日的仇，把大兵往黄河岸上一驻，就让军师写了个战表，送往宋营。那战表上不多不少二十一个字，写道：

张长弓，骑奇马，琴瑟琵琶；八大王，王王在上，单戈敢战。

这意思明摆着，北国的先行官瞧不起大宋，戏弄宋朝的文武百官没人敢来应战，叫他们赶快投降。

这事还真应验了，宋朝的皇帝一看战表，就吓软了。

为啥呢？往日北国来犯，不用请，杨家将就会领兵出战；现在，能征善战的杨家将们，都因他听了奸臣的话，杀的杀了，斩的斩了，没人去退辽兵了。平时阿谀奉承的奸臣们，一看大事不好，一个个都装病不上朝了。他的皇位坐不稳了，能不害怕吗？在这节骨眼上，后悔往事，已来不及了。可好好的江山，一仗不打，就送给北国辽王，他也不甘心啊！宋天子心急如火，在龙庭上转来转去，忽然想起佘太君还活着，想去找佘太君想点办法。但他有愧杨家啊，心里怕见佘太君。万般无奈之下，宋天子只好把脸一抹拉，叫了几个太监跟着，去天波府求情、说好话了。

佘太君忠心报国，并不记前仇。她接过北国送来的战表一看，哈哈笑了。为啥呢？因为那"八大王"都是杨家的手下败将。他们写那样猖狂的战表，是吓唬无能胆小的奸臣呢！佘太君当着皇帝的面，叫七郎八虎的妻子们铺纸研墨，把大笔一挥，写了一张应战表。那应战表不多不少，也是二十一个字：

长弓断，贼马寒，魑魅魍魉；八小鬼，鬼鬼为祟，不堪一击。

写完后，佘太君让穆桂英抱出杨家的帅印，啪地盖了个红印，就让人送到黄河北岸的辽营去了。

辽国姓张的先行官一看应战表，吓得魂飞九霄。他知道赤胆忠心的杨家女将没有因为死了丈夫而记恨宋天子，还在保大宋，急忙报告了辽王，连夜拔寨，跑回去了。

> **动作描写**
>
> 写、抱、盖、送等动作描写将具体情况写得一清二楚，显示出杨家忠贞为国的磅礴力量。

梁红玉大败金兀术

宋朝有一员爱国将领名叫韩世忠，其夫人梁红玉辅佐丈夫抗击金军，是一位妇孺皆知的巾帼英雄。这几天，听说金兀术领军来犯，梁红玉陪着韩世忠到金山察看地势。那时候，金山屹立在江中心。两人站在金山顶上，望着滚滚长江。

韩世忠望着东边一片白茫茫的江面，说："夫人，你看这江面如此宽阔，敌众我寡，以我之见，不如把人马撤到下江，等待增援，再战为时不晚！"

梁红玉胸有成竹似的指着西边一片青翠翠的芦荡，说："将军，你看这江面中芦苇一望无际，不正是我们智取的有利地势吗？我们把兵士先埋伏在芦荡里，打他个措手不及！您看如何？"

韩世忠听了，心中大喜，想了一下，说：

"好，那我前去诱敌深入！"

"那我就在这山顶上给将军击鼓助威！"

"来他个真真假假！"

"布置个虚虚实实！"

两人商议已定，随即把人马埋伏妥当。

韩世忠率领战船，在瓜州口安营扎寨。此时，江风阵阵，"韩"字帅旗迎风招展。

这边刚刚布置好，那边探子飞速来报："金兀术带兵渡过江口了。"

韩世忠站在帅台，朝西边江面望去。只见从南京方向，隐隐约约移来黑压压的一片船只。那是金兀术带领五百条战船，气势汹汹，直向瓜州口冲杀而来。

这时，梁红玉正站在金山顶上，看得清清楚楚。她抖擞精神，猛击战鼓。韩世忠听到江面上传来一通鼓声——"咚！咚！咚！"立即指挥战船，扯帆迎战，顿时江面上杀声震天……

没过一会儿，梁红玉在金山顶上，又敲起二通鼓——"咚咚！咚咚！咚咚！"鼓声雷鸣。韩世忠听着鼓声，指挥战船，摆成人字形，且战且退，转眼间便退到了青翠翠的芦荡里了。

金兀术一看，到嘴的肥肉，哪能放掉！连忙率领金兵跟在后面，紧紧追赶。

梁红玉站在金山顶上，看得明明白白——金兀术已中了计，追进了芦荡。她随即把令旗一招，敲起三通鼓——"咚咚咚！咚咚咚！咚咚咚！"随着惊天动地的鼓声响起，只见芦荡里事先埋伏好的战船，如飞箭一般，嗖嗖地都钻了出来。梁红玉平时十分重视水军的训练，宋军个个都熟水性，有的钻进了深水里，用凿子把金兵的船打通。这时，围住金兵战船的宋军，火箭齐发，火炮猛轰……打得烟雾腾腾，火光冲天，一个个金兵不是被火箭射伤，就是被火炮炸死，没死的纷纷跳水，也被江水灌个半死不活了。

金兀术的兵将大败，三十万人马，被打死、淹死、打伤了一大半。

金兀术坐在一只特制的战船上，一看苗头不对，就想逃命！可是哪能由得他呢！韩世忠听着鼓声，指挥战船追击，只只战船都像长了眼睛似的，金兀术的船溜到东，韩世忠的船就追到东；金兀术的船溜到西，韩世忠的船就追到西。追得金兀术面无血色，一听到鼓声，就吓得失魂落魄，到处乱窜。

梁红玉击鼓战金山，江面上鼓声伴着江涛声，好似雷声轰鸣，宋军士气大振，越战越勇猛，一直把金兀术围困在芦荡里整整七七四十九天，差一点把他生擒活捉了！

从那以后，金兀术再也不敢轻易侵犯宋朝了，而梁红玉的名气也更大了。

巾帼英雄秦良玉

在四川省，有些地方的老百姓称姑娘为"女将"，关于这个称呼，还有一段故事呢。秦良玉是明末四川石柱地方的一名女宣抚使，是一个能征善战，足智多谋的巾帼英雄。

清兵入山海关时，秦良玉奉命前往山海关抗清。秦良玉的兵以白木杆长矛为武器，号称白杆兵。

清兵白天来挑战，秦良玉坚守阵地不动。待到黑夜，才发兵偷袭清兵。夜战中，良玉兵有白杆为记，能分辨谁是敌人，谁是自己人。清兵没有明显记号，战斗中无法分辨哪是敌兵，哪是自己兵，乱杀一通，误杀自己，死伤不计其数。结果，良玉兵大获胜利。

第二天，清兵派探子来秦营外观察动静，良玉兵夜战之后，白天关营睡觉，清兵探子一个人影也没有看到。突然，探子看见兵营地上扔着一双一双的草鞋，他拾起来一看，草鞋足有一尺多长，比自己的脚大一倍。探子马上拿着草鞋跑回清营，哆哆嗦嗦地向领兵的报告道："报告将军，我……我拾到几双秦兵的草鞋，一尺多长，这……这哪是人穿的，一定是神……神兵！"领兵的一听，吓得六神无主，不敢再找良玉交战了。

良玉打败清兵后，皇上授她总兵之职，随后又加封她为太子太保，威名远震。

这可惹起了当朝一个奸臣的忌妒。奸臣想，秦良玉如此智勇过人，立了大大战功，受到人人称赞，荣极一时，这岂不是威胁我的职位。于是，他把心一横，决心除掉秦良玉。

这天，皇上设酒摆宴，款待秦良玉。席间，奸臣施了一条毒计，他特地给良玉准备了一只尖底的酒杯。他想，皇上给良玉赐酒，尖底酒杯放不稳，酒必然倒出。他可此就奏秦良玉对圣上不敬，把她除掉。

哪知，秦良玉在接过皇上赐的酒后，酒杯放在桌上，稳稳当当，不偏不歪。<u>原来秦良玉早就发现杯底尖尖，立刻料到奸臣不安好心。她急中生智，顺手把手腕上的镯子取下来放在桌上，再放上酒杯。</u>奸臣的阴谋破产了。

秦良玉成为有名的女将之后，父老乡亲们都感到骄傲，称她为女将，渐渐地把女将引申为对姑娘的尊称。如"张家姑娘"，说成"张家女将"，这种习惯沿袭至今，也体现了人们对巾帼英雄的爱戴与怀念。

> **正面描写**
>
> 她仔细观察，及时应对，为人物形象塑造点亮了眼睛。

戚继光惩倭寇

戚家军纪律严明，作战英勇，沉重地打击了气焰嚣张的倭寇。倭寇虽然老实多了，但是他们不灭，总是个祸患。戚继光就一边练兵，一边留心倭寇的动静，决心除掉这个祸根。倭寇每次上岸抢掠的时候，总是手里舞着倭刀，比较凶猛。戚继光了解清楚之后，就叫士兵和百姓沿着江边挖了三道壕沟，又叫他们砍来好多好多又粗又长的竹竿。他们把竿头削得又细又尖，个个拿着竹竿操练刺杀。

过了几天，东南风起来了，戚继光把士兵和百姓分成两队，他亲自带领一队伏在一道壕沟里，叫他的副将带领一队伏在另一道壕沟里，个个手执竹竿，等候倭寇。不一会儿，倭寇来了。船一靠岸，一群倭寇张牙舞爪，大吼大叫，舞着倭刀冲杀过来。等他们冲到壕沟跟前，戚继光把旗子一扬，士兵和百姓们举着竹竿朝倭寇就刺，把倭寇刺得哇哇乱叫，直拿倭刀招架。竹竿长，刺得到倭寇；倭刀短，只能砍到竹竿砍不到人。刺呀，砍呀，打了一会儿，有的倭寇被刺死了，有的倭刀卷了口，竹竿也越来越短了。这时，戚继光把旗子一扬，壕沟里的人跳出来，直往后跑。倭寇当是他们打败了，跟在后面追，追到第二道壕沟跟前，沟里又伸出一排竹竿照着倭寇就刺。又刺呀，砍呀，打了一会儿，又刺死了一批倭寇。二道壕沟里的人又往后跑，倭寇还是跟着追。倭寇追到第三道壕沟。这时戚继光领的一队人，老早换上新竹竿等着了。在第三道壕沟旁边打了一会儿，倭寇越来越不行了，想回头逃跑。戚继光把旗子一挥，两队人一齐上，把倭寇围在当中，转着圈儿往里刺，最后把倭寇都刺倒了。倭寇尸横遍野，戚继光叫人就地埋了，堆起了一个坟，叫"倭子坟"。这个消息传到小岛上，岛上的倭寇吓得连夜逃走，再也不敢来行凶作恶了。

我国沿海一带的老百姓，为了纪念这次战斗的胜利，每逢重大节日，就聚在一起，手举挂满彩带的竹竿，载歌载舞。

林则徐微服私访

清政府腐败无能，外国列强见有机可乘，纷纷向我国运输鸦片，夺取大量白银。在鸦片的毒害下，国库空虚，军队毫无战斗力。朝廷便派林则徐到广东来禁烟。

林则徐知道当时在广东掌权的多是一班贪官污吏，是一堵没脚的墙——靠不住。于是他到广州之后，一不坐八抬大轿，二不穿龙凤官袍，三不进官府衙门，只和几个贴身侍卫化装成各种各样的人物，到民众中去查探实情。

起初，林则徐扮成个苦力，来到珠江边的天字码头，见工人们扛着一箱箱沉重的东西，便上前问道："工友，这是什么东西？"

"鸦片烟。"

"扛到哪里去？"

"还不是赫赫有名的总督府！"

"总督府的人也敢贩烟？"林则徐故意装着惊讶的样子，不解地问："他们不是要禁烟吗？"

工人们笑着说："哈，你这个傻佬！谁不知道贩烟赚大钱，他们嘴上讲禁烟，暗中却勾通洋鬼子！"

第二天，林则徐又扮成个大烟鬼，穿上一套黑胶绸衫，耸起肩膀，走到烟馆去，刚好碰到一个烟客，便和那烟客倾谈起来："伙计，不好啦！听说皇上派了个钦差大臣来广东禁烟，以后烟馆也不能开啦！"那烟客毫不在乎地说："呸！还不是一样货色。那班官僚，只要有钱塞满荷包，就能堵住他们的口啦！"

第三天，林则徐又到广州的大小茶楼去，一边饮茶，一边和茶客倾谈，查清了官府里私通洋人烟贩的实情，把那班贪官污吏的名字一一记在心中，然后才回到总督府去上任。

林则徐一上任，就把那班贪赃枉法、祸国殃民的贪官污吏、烟商盐贩革职法办，还把那些没收来的大烟，统统一把火烧掉。这件事传开后，老百姓们拍手称快，对林则徐赞不绝口，都不约而同地加入了禁烟的队伍之中。

西门豹铲强扶弱

西门豹做官时，一身正气，两袖清风，他的事迹在老百姓中广泛流传。

在一个小镇上，有一家磨坊，主人是一对夫妇。这天，夫妇二人推磨磨豆腐，手忙嘴不闲，唠叨起西门豹来。老婆说："西门老爷可真好，破除了河神娶妻的迷信，又引漳河水浇地，算得上是个清官！"老头一听："咳！咱没儿没女，又没田地。他破除迷信也好，引水浇地也好，与咱有啥相干？相干的事，在他眼皮底下的事却不管！"老婆问："啥？"老头气汹汹地说："城里那个老盐店缺斤少两，坑了多少百姓！今个称他二斤盐，又是少二两！西门豹也不推磨卖豆腐，他知道咱这血汗钱是咋挣来的？老盐店干这号缺德事，他咋不管管！他西门豹究竟清不清，我还说不准呢！"老婆听他粗声大气地说个不停，忙说："嘿，你小声点儿，这话要是传到西门老爷那里，可是要惹祸的啊！"老头很不在乎："怕啥，他名字怪厉害，可吃不了人！"

他们哪里知道，这些话被西门豹在窗外听得一清二楚。原来西门豹来村里私察暗访，恰好路过这里。

第二天，西门豹把老头传到大堂，问道："卖豆腐的，昨天你们夫妻二人一边推磨，一边对本官说长道短，可有此事？"老头心里大吃一惊：这西门豹可真神！昨天俺在屋里说话，又没别人，他咋会知道呢？说了就是说了，看你把我咋着！你西门豹清是不清，今天便能见分晓。老头答道："有。"

西门豹说："你是认打认罚？"

老头说："随你的便。"

西门豹说："好！给你一斤盐钱，罚你替我到老盐店里称一斤盐来。"老头一听松了口气，心想：这还不简单？我就替你称上一斤。

老头把盐称来，西门豹让人用秤一称，只有十五两（过去的秤，一斤是十六两），便说道："卖豆腐的，咋只有十五两呢？"老头一听这话，顿时火冒三丈："西门大人，老盐店的掌柜从来卖盐不给够秤，坑害百姓。在你眼皮底下，你不去管，反说我拐了你的盐。你……你罚我称盐原来是一条毒计呀！"

西门豹笑了："老人家，请不要生气。这是一计，是为民之计，也是为你之计。一会儿你就明白了。"说罢便传老盐店的掌柜上堂。

老盐店的掌柜一到，西门豹拿起那包盐，问道："掌柜的，这盐是我打发卖豆腐的老头刚才从你店里称来的，没有忘记吧？"

"没有忘记！"

"给钱了吗？"

"一文不少！"

"多少盐啊？"

"一斤！一斤！"

"你拿去称称！"

老盐店的掌柜把盐一称，扑通一声跪倒在地："大老爷，是伙计一时看错了秤，少了一两。"

西门豹把惊堂木一拍："胡说！百姓骂你自从开店以来，从没看对过秤，每斤总少一两。你卖了多少年盐？又赚了多少银两？你可知罪？"老盐店的掌柜一看形势，知道抵赖不过，连连叩头认罪。

西门豹说："你认打认罚？认打，重打一百大板；认罚，罚你买头毛驴送来！"掌柜怕受皮肉之苦，磕着响头说："小人罪该万死！小人认罚！"

毛驴送到堂下，西门豹拉着卖豆腐老头的手，说："老人家，念你夫妻二人上了年纪，推磨劳累，这头毛驴赠送给你俩啦！"

老头这才明白西门豹的用意，自己原来是错怪他啦。老头牵过毛驴，千恩万谢，回家去了。

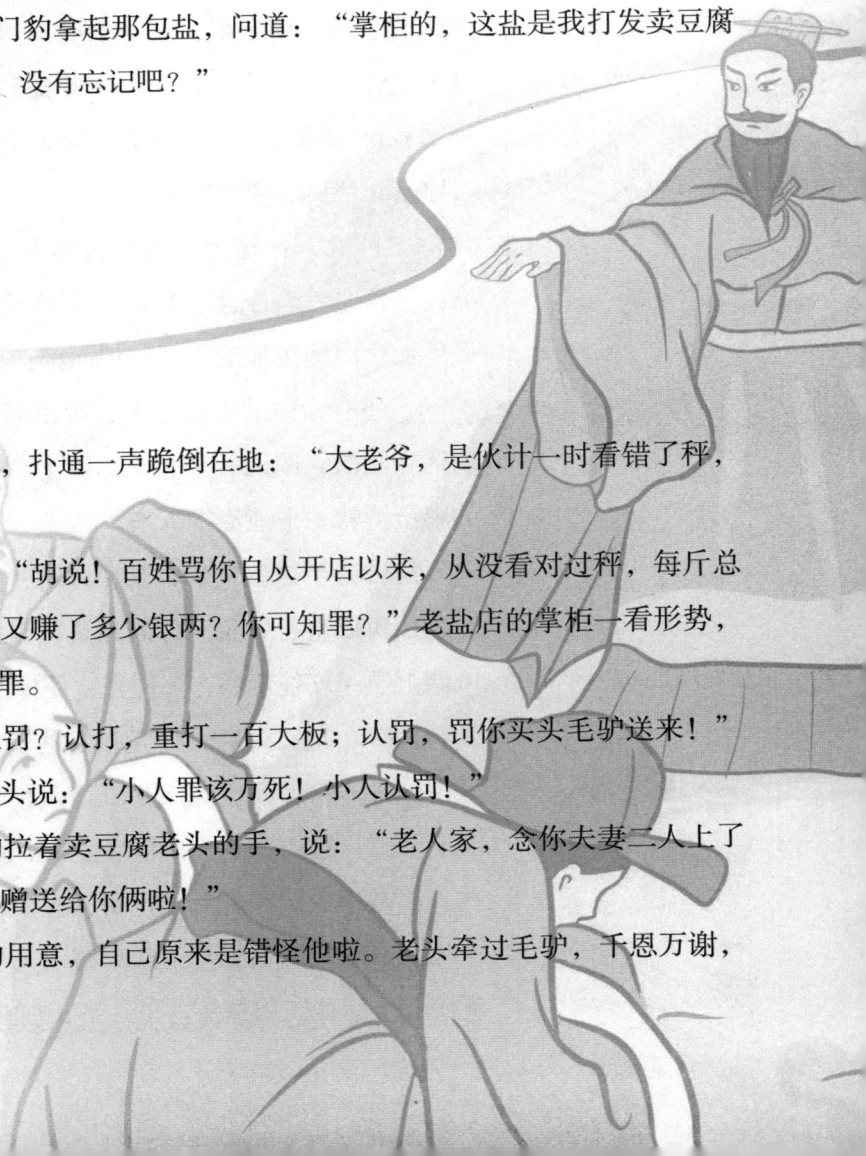

海瑞与菩萨

海瑞是明朝年间的一位清官，他深知民间疾苦，敢于仗义执言，为民请命，且断案如神，深受广大百姓爱戴。

这些天，海瑞听说安徽九华山上的菩萨很灵验，有心去进香，祈祷风调雨顺，五谷丰登。到了山脚，海瑞开始沿着石级登山。可是他登一步滑一步，跌跌撞撞，特别难走。有人告诉海瑞：这是因为他穿了牛皮靴子，触犯了不杀生的戒律。

海瑞脱了牛皮靴子，赤脚上山，果然十分稳当。到了庙里，海瑞烧了香，叩了头，对菩萨说："菩萨，我是诚心的，心诚的就要直谏。这回你不让我穿牛皮靴上山，是我触犯了佛门戒律。那么我倒要问，你们庙壁的大鼓，不也是牛皮做的吗？"海瑞话音刚落，嘭的一声大鼓爆破了！

"再说，你这殿堂的红漆大柱，听说当年是用活物血漆的啊。"海瑞话音刚落，啪的一下柱子上的红漆全剥落下来，那打底的血全湿漉漉地流下，连地面都被染红了！

"还有，你的玉面素手，听说当年是上过鸡蛋清的呢！"海瑞话音刚落，唰的一下菩萨面庞上、手腕上的漆全部剥落，上面的鸡蛋清软乎乎地流了下来。

海瑞看了这些情景，又叩谢道："菩萨呀！我海瑞是个顶真的人，所以直言冒犯。你既然这样灵验，我就诚心诚意向你祈祷风调雨顺，五谷丰登。"说完，便掉头下山了。

菩萨心想：海瑞，你光找我岔子，我就不好找你岔子吗？人家说你是清官，我看到底是真是假！于是便施展隐身术，跟着海瑞下了山，想找个岔子，整治他一下。

那是个大热天，海瑞走得满头大汗，越走越口渴。刚好走到一块西瓜地。海瑞想买个西瓜解渴，可是四下里没个人影。海瑞就摘了个西瓜，用拳头击了一下，掰开就吃。

动 作描写

用摘、击、掰等动词准确生动地描写了海瑞在特殊情况时吃瓜的场景。

隐身的菩萨看在眼里，笑在心里：这下是清官还是贪官，一眼看到底。连个西瓜也要偷，哪有见了黄金不动心之理？让我先记下一笔再说。

谁知海瑞吃罢瓜，便掏腰包，拿出点碎银子，用纸包好了，塞在摘瓜的瓜蒂边。

菩萨一看，说："算你过了一关！"

海瑞继续上路，隐身的菩萨继续跟着他走。走到一个小镇上，海瑞进了一家小饭店。他要了两碟便宜的小菜，买了一大碗米饭。无奈这碗米饭夹杂着很多谷粒，海瑞一面吃，一面把谷粒吐在桌面上。待一碗饭吃完，桌面上已吐了一堆熟谷。

菩萨想：身为父母官，理应珍惜粮食，怎么吐了一堆谷？海瑞付了饭菜钱，把这堆熟谷抓在掌心。菩萨正等海瑞扔掉谷子，好记他一笔浪费粮食之账。谁知海瑞一边走，一边拿这些谷粒当瓜子嗑呢！

菩萨想：这海瑞倒真是找不出毛病。好，骑驴看唱本——走着瞧吧！

海瑞走到县城中心，见一大群人在围观什么，走近后只听见人群中传出悲悲切切的声音："天啊！黑心屠户偷了我可怜盲子的三贯钱，却反诬是我偷他的。诸位客官，给我说个公道吧！"

海瑞挤进去一看，只见盲子死死地抱着三贯铜钱。屠户反复向众人解说："我看他可怜，留他一宿，却不知他起了黑心，摸走了我枕头边的这三贯铜钱。他却反诬我，说我欺他是个盲子，谋他的财……"

围观的人呢，有说屠户偷盲子的，也有说盲子偷屠户的，还有的说这件事弄不明白。

隐身的菩萨一时也摸不着头脑，心想看他海瑞怎么断这件事！

围观的人发现了布衣出访的海瑞老爷时，便争着要他审个水落石出。

海瑞对盲子说："你先把铜钱交给我！"海瑞接过了三贯铜

钱，说，"你们去茶店抬一桶沸水来！"

沸水抬来了，海瑞把三贯铜钱放进沸水里。过了一会儿，海瑞看了看沸水说："铜钱是屠户的。"

原来沸水上面浮泛着一层很新鲜的油脂，显然是屠户数钱时沾上的。

屠户连声喊"海青天！海大人！"，盲子也说自己不该忘恩负义起黑心，偷了屠户三贯铜钱还反咬一口。围观的人，都说海青天审得干净利落，合情合理。

躲在暗处的菩萨眼见海瑞足智多谋，佩服得五体投地，也就打消了与他为难的念头。

宗本请客

从前有一位宗本，家里堆满发霉的粮食，却舍不得施舍给百姓。他吝啬得很，且狠毒异常。

宗本家里有个聪明的仆人，常常考虑怎样从主人手里挤出点油水来。一天，仆人向百姓们宣布："我要让宗本摆几天宴席，请你们竖着耳朵等他下请帖吧！"

百姓们听了哈哈一笑，说："狼嘴里还能滴出血来？假如爱财如命的宗本给我们设宴，除非太阳从西山顶上冒出头来。"

仆人笑眯眯地回答说："你们不信？等几天瞧吧！"

县城里只有一眼可供人饮用的泉水。奇怪的是，这股泉水一到冬天就冒热气，夏天又变得清澈凉爽。宗本把泉水占为己有，说这是上天赐给他的。

一天，宗本在城堡顶上散步，忽然瞧见仆人趴在泉边一棵大树上，两眼直愣愣地望着泉水，一会儿摇摇头，一会儿弯弯腰，好像正在和谁吵架。宗本走下城堡来到仆人面前，问："你在这里指手画脚干什么？"

仆人笑眯眯地说："尊贵的宗本大人，谁不知道你是个乐善好施的人，常布施百姓。"这时，他忽然收起笑容，气愤地说，"可是今天我听见泉水中的蛟龙在肆无忌惮地污蔑大人，说了你很多坏话。"

宗本忙问："蛟龙怎么污蔑我？"

仆人慢腾腾地回答："蛟龙说，宗本长年累月让百姓们服苦差役，从中获得数不清的财富，可他却连一口糌粑也舍不得布施，像这样爱财如命的吝啬鬼，早晚要像大海中渴死的饿鬼一样，没有好下场。我听了这话，气得浑身发抖，反驳说，我们宗本不顾自己，整天忙里忙外，都是为了百姓的安乐幸福。他绝不是你说的那种人，不要说布施一碗好吃的糌粑，就是请求他给百姓们摆几天宴席，他也会毫不迟疑就答应的。"

宗本高兴得咧开大嘴，连连点头："对！对！你说的很对！"

仆人接着说："蛟龙不服气，拿出山羊头那么大的金子，扬言如果宗本舍得破财，给百姓们设宴，那么它也可以摆几天宴席。要是它说话不算数，它就把这块黄金送给宗本。"

宗本一听，急忙回家和管家商量。管家说："我看可以设宴。蛟龙没有粮食和肉，只有没滋没味的水，你一定会胜过它的。"

宗本拿不定主意，一想到摆宴席要花那么多钱，让那些穷鬼白吃白喝，就像有人拿刀子在割他身上的肉，心里感到一阵剧痛。可是一想起要能得到山羊头那么大的金子，他就恨不得立刻夺过来抱在怀中。几天几夜茶饭不香，冥思苦想，最后终于决定忍痛摆上几天宴席。

仆人穿上节日的服装，殷勤地为百姓们端茶送酒。见大家吃得高兴，仆人问："狼嘴里滴出血来没有？今天的太阳，是从东山顶上冒出了头，还是从西山顶上冒出了头？"百姓们哈哈大笑："你的话果然见效了，可不知你怎样收场？"

宴席还没结束，宗本就急急忙忙让仆人去请蛟龙上来设宴。仆人像那天一样，爬到泉水边的大树上，比比画画舞弄了半天，然后垂头丧气来到宗本跟前，弯腰伸舌，摸着太阳穴说："蛟龙耍滑头……"

他战战兢兢不敢往下讲。宗本急得大吼一声："呆头呆脑做什么？快快讲出来！"仆人装出害怕的样子低声回答："龙说它已经和宗本一起摆完了宴席，那些吃的、喝的，哪一样不是用水做成的？宗本拿出粮食和肉，龙拿出了水。它让我告诉你，如果宗本大人能摆出不用水做的宴席，就把那块山羊头大的黄金送给你。"

宗本瞪着两眼，嘴里直喘着粗气，脸色变得像灰不溜秋的猴子。

画扇判案

苏东坡要到杭州来做刺史了。这个消息一传出，衙门前每天都挤满了人。老百姓想看一看苏东坡上任的红纸告示，听一听苏东坡升堂的三声号炮……可是，大家伸着脖子盼了好多天，还没有盼到。

这天，忽然有两个人，又打又闹地扭到衙门来，把那堂鼓擂得震天响，呼喊着要告状。衙役出来吆喝道："新老爷还没上任呢，要打官司过两天再来吧！"那两个人正在火头上，也不管衙役拦阻，硬要闯进衙门里去。这时候，衙门照壁那边走出一头小毛驴来。毛驴上骑着一个大汉，头戴方巾，身穿道袍，紫铜色的面孔上长着一脸络腮胡子。他嘴里说："让条路，让条路！我来迟啦，我来迟啦！"小毛驴穿过人群，一直往衙门里走。衙役赶上去，想揪住毛驴尾巴，但已经来不及，那人就一直闯进大堂上去了。

大汉把毛驴拴在廊柱上，信步跨上大堂，在正中的虎座上坐下来。管衙门的二爷见他这副模样，还当是个疯子，就跑过去喊道："喂！这是虎坐呀，随便坐上去要杀头的呢！"

大汉只顾哈哈笑："哦，有这样厉害呀！"

管衙门的二爷说："当然厉害！虎座要带金印子的人才能坐。"

"这东西我也有一个。"大汉从袋里摸出一颗亮闪闪的金印子，往案桌上一搁。管衙门的二爷见了，吓得舌头吐出三寸长，半天缩不进去。原来他就是新上任的刺史苏东坡啊！

苏东坡没来得及贴告示，也没来得及放号炮，一进衙门便坐堂，叫衙役放那两个要告状的人进来。他一拍惊堂木，问道："你们两个叫什么名字？谁是原告？"

两个人跪在堂下磕头。一个说："我是原告，叫李小乙。"另一个说："我叫洪阿毛。"

苏东坡问："李小乙，你告洪阿毛什么状？"

李小乙回答说："我帮工打杂积下十两银子，早两个月借给洪阿毛做本钱。我和他原是要好的邻居，讲明不收利息；但我什么时候要用，他就什么时候还我。如今，我相中了一房媳妇，急等银子娶亲，他非但不还我银子，还打我！"

苏东坡转过来问洪阿毛："你为啥欠债不还，还要打人？"

洪阿毛急忙磕头分辩："大老爷呀，我是赶时令做小本生意的，借他那十两银子，早在立夏前就贩成扇子了。没想今年过了端午节天气还很凉，人家身上都穿夹袍，谁来买我的扇子呀！这几天又接连阴雨，扇子放在箱里都霉坏啦。我是实在没有银子还债呀，他就骂我、揪我，我一时上火打了他一拳，这可不是存心打的呢！"

苏东坡在堂上皱皱眉头，说："李小乙娶亲的事情要紧，洪阿毛应该马上还他十两银子。"

洪阿毛一听，在堂下叫起苦来："大老爷呀，我可实在没有银子还债呀！"

苏东坡在堂上捋捋胡须，说："洪阿毛做生意蚀了本，也实在很为难。李小乙娶亲的银子还得另想办法。"

李小乙一听，在堂下喊起屈来："大老爷呀，我辛辛苦苦积下这十两银子可不容易呀！"

苏东坡笑了笑，说："你们不用着急。洪阿毛，你马上回家去拿二十把发霉的折扇给我，这场官司就算是两清了。"

洪阿毛高兴极了，急忙爬起身，一溜烟奔回家去，拿来二十把白折扇交给苏东坡。苏东坡将折扇一把一把打开，摊在案桌上，磨浓墨，蘸饱笔，挑那霉印子大块的，画成假山盆景；拣那霉印小点的，画成松竹梅岁寒三友。一会儿的工夫，二十把折扇全画好了。他拿十把折扇给李小乙，对他说："你娶亲的十两银子就在这十把折扇上了。你把它拿到衙门口去，喊'苏东坡画的画，一两银子买一把'，马上就能卖掉。"他又拿十把折扇给洪阿毛，对他说："你也拿它到衙门口去卖，卖得十两银子当本钱，去另做生意。"

两个人接过扇子，心里似信非信。谁知刚刚跑到衙门口，只喊了两声，二十把折扇就一抢而空了。李小乙和洪阿毛每人捧着十两白花花的银子，欢天喜地地各自回家去了。

人们都把苏东坡"画扇判案"的新鲜事到处传颂，你传我传，一直到今天还有人在讲呢。

东坡肉

　　苏东坡在杭州做剌史的时候，治理了西湖，替老百姓做了一件好事。

　　西湖治理后，四周的田地就不怕涝也不愁旱了，这一年又风调雨顺，杭州四乡的庄稼得了个大丰收。老百姓为了感谢苏东坡治理西湖，每到过年时候，大家就抬猪担酒来给他拜年。

　　苏东坡收下很多猪肉，叫人把它切成方块，烧得红红的，然后再按治理西湖的民工花名册，每家一块，将肉分送给他们过年。

　　太平的年头，家家户户过得好快活，这时候又见苏东坡差人送肉来，大家更高兴。老的笑，小的跳，人人都夸苏东坡是个贤明的父母官，把他送来的猪肉叫作"东坡肉"。

　　那时，杭州有家大菜馆，菜馆老板见人们都夸"东坡肉"，就和厨师商量，把猪肉切成方块，烧得红酥酥的；挂出牌子，也取名为"东坡肉"。

　　这道新菜一出，那家菜馆的生意就兴隆极了，从早到晚顾客不断，每天杀十头大猪还不够卖呢。别的菜馆老板看得眼红，也学着做起来。一时间，不论大小菜馆，家家都有"东坡肉"卖了。后来，经过同行公认，就把"东坡肉"定为杭州的一道名菜。

　　苏东坡为人正直，不畏权势，朝廷中的那班奸臣本来就很恨他，这时见他得到老百姓的爱戴，心里更不舒服。他们当中有一个御史，乔装打扮，到杭州来找岔子，存心要陷害苏东坡。

　　那御史到杭州的头一天，在一家菜馆里吃午饭。堂倌递上菜单，请他点菜。他接到菜单一看，头一样就是东坡肉！他皱起眉头，想了一想，不觉高兴得拍着桌子大叫："我就要这头一道菜！"

　　他吃过东坡肉，觉得味道倒真是不错，向堂倌一打听，知道东坡肉是同行公认的一道名菜，于是，他就把杭州所有菜馆的菜单都收集起来，兴冲冲地回京去了。

御史回到京城，马上就去见皇帝。他说："皇上呀，苏东坡在杭州做刺史，贪赃枉法，把恶事都做绝啦！老百姓恨不得要吃他的肉。"

皇帝说："你是怎么知道的？可有什么证据？"

御史就把那一大摞油腻的菜单呈了上去。皇帝本来就是个糊涂蛋，他一看菜单，就不分青红皂白地传下圣旨，将苏东坡调职，远远地发配到海南去充军。

苏东坡被调职充军后，杭州的老百姓忘不了他的好处，仍然像过去一样赞扬他。就这样，东坡肉被一代一代地传下来，直到今天，还是杭州的一道名菜。

知识延伸

圣旨，是指封建社会时皇帝下的命令或发表的言论。圣旨是中国古代帝王权力的展示和象征。

王维作画

王维不仅喜欢作诗，还喜欢画画，他在绘画这方面也很有成就。但是王维生性刚正，不肯依附权贵，更不肯把画作为礼物送给他们。因此，他做官不久，就得罪了宰相李林甫，被贬职，离开京城长安。满腹才华的王维到终南山过起了隐居生活。

王维隐居以后，终日饮酒赋诗，种花绘画，日子过得倒也逍遥自在。他的酒量越来越大，往往喝得酩酊大醉才开始作画，久而久之，竟形成了习惯，无酒不作画。

当地的太守，是个不学无术的人。他听说王维隐居在山中，也想让王维画幅画，挂在客厅，卖弄一下风雅。他派师爷几次去请王维。王维讨厌这种人，每次都闭门不见。

后来，师爷听说王维有酒后作画的习惯，便给太守出了个主意。太守听后不住地点头。

过了几日，山下张员外派人给王维送来一张大红请帖，请他前去赴宴。自从王维来到终南山，常常和张员外在一起谈古论今，二人已算有几分交情，所以他接到请帖，就下山了。

王维来到张员外家门口，见张员外陪着太守和师爷一起出来迎接他，不由得一愣，心里有点不痛快，但既然来了，也只好将就着喝起酒来。

王维有几分醉意，脑海里便闪出一幅幅画图，他急得直搓双手。张员外知道他这个习惯，便把他让到客室里"休息"。

王维见案上镇纸下压着宣纸，案头放着磨好的几大碗墨汁，便兴冲冲地抓过大笔就要画。常言说，人醉心不醉，酒迷人不迷。正当他要挥笔作画时，猛然想到太守求他作画的事，心想，莫非今天是骗我给太守画画的？想到这里，他放下了笔，在屋里踱起步来。他见室内白墙如粉，洁净照人，决定把画画在墙上，这样谁也拿不走了。可是在墙上作画，笔又太小，他便脱下一只布鞋，蘸饱了墨，在墙上抹了起来。他画完后，也没向张员外告别，就匆匆忙忙走了。

太守和师爷进屋一看，只见墙上横一道竖一道，也不知都画了些什么。太守气得连话也说不出来了。张员外说："大人不要生气，请将蜡烛熄灭，看看究竟怎样。"

蜡烛熄灭后，室内一片朦胧，墙上一弯新月，发出柔和的光，画面看上去好像是一条小溪，小溪边有一架葡萄。那葡萄枝条左缠右绕，杂而不乱，那一串串又肥又大的水灵灵的葡萄，馋得人直想流口水。真是一幅好画啊！太守和师爷十分高兴，心想一桌宴席就换来一幅名画，实在太便宜了。原来，他们以为王维是把宣纸挂在墙上画的。当他们用手去揭时，才知道这画是直接画在粉墙上的。太守和师爷一下子气得满脸通红，气愤地离开了张员外家。

"推敲"的由来

贾岛是唐代著名的诗人。他年轻时，曾在洛阳出家，法名"无本"。贾岛取得如此成就，与他在洛阳当和尚的一段生活是分不开的。

贾岛当和尚时，并不在佛门修行上用功，一心扑在作诗习文上。每天，他有空就离开寺院，跑到山脚下游山逛景。在寺院通往邙山的路上，有一棵大柳树，树下有个光滑的石礅子，他每次路过这里，都要坐下来休息一会儿。

有一天，贾岛又跑到这里歇息。因为他喝了不少酒，刚坐下来便诗兴大发，乘着酒兴又作起诗来。他边想边吟，吟着吟着便情不自禁地高声喊叫起来，一下子招来了好多过路百姓看热闹，不少人还把他当成了疯和尚。这个场面正好被县官碰上了，不分青红皂白，就把贾岛抓了起来，关进了县衙门的院子里。日头落山了，县官还不来发落他，贾岛实在受不住啦，便朝着大堂高声吟了两句诗："不如牛与羊，犹得日暮归。"那县官一听，吃了一惊，这个疯和尚的诗还真有点味道呢！便过来问他午后闹事的情形，贾岛把事情的经过说了一遍，县官也不生气了，就决定放他回寺院。但是，县官命令他今后再不许出寺院。

贾岛因为作诗被抓的事，被人们传来传去，很快传到了韩愈耳朵里。当时，韩愈是个很有名气的大诗人，还当着大官的韩愈很爱惜人才，还亲自找到贾岛，劝他还俗攻读诗文，以便将来求个功名。

贾岛还俗以后，更加发愤读书，刻苦习文，不久就写了大量诗文。

有一次，他背了个小包袱，骑着一头小毛驴，从洛阳出发，要去京城长安赶考了。他一边走，一边吟诗，手舞足蹈，浑然不觉。快到长安时，吟出了一首《题李凝幽居》的五言律诗：

闲居少邻并，草径入荒园。

鸟宿池边树，僧推月下门。

过桥分野色，移石动云根。

暂去还来此，幽期不负言。

当他吟到"僧推月下门"这句时，忽然觉得不够恰当，又换成"僧敲月下门"。

用"推"字好，还是用"敲"字好，他拿不定主意了，于是眯缝着眼睛，口中不住地吟起"僧推""僧敲"来。他一边琢磨，一边用手比画着"推"和"敲"的动作。路上行人很多，看着他那呆呆的样子，都捂着嘴暗暗发笑。不过，他已经对诗句入迷了，别人不管怎样讥笑，他也全然不知道。

正在这时，韩愈带着仪仗随从正好迎面走来。大官出巡，过往百姓都得退避三舍，空荡荡的大路上，唯独剩了一个贾岛。当快要和韩愈的仪仗队相遇时，贾岛还没有发觉呢！那些差役们恼火了，气势汹汹地把贾岛拉下驴来，捆了个结结实实，架到韩愈面前治罪。

韩愈一看，原来是贾岛，便马上给他松了绑，很客气地说："委屈你了，老朋友！"

贾岛对捆绑的委屈毫不在乎，忙把他吟诗的苦衷告诉韩愈，请求指教。韩愈沉思了一阵，然后笑着说："你当过和尚还不知道这个理儿？天一落黑，寺院就闩上门了。夜晚推寺院的门，能推开吗？我看还是用'敲'字好吧！"

贾岛觉得韩愈的分析很有道理，对他十分佩服。从那以后，"僧推月下门"就改成了"僧敲月下门"。我们现在用的"推敲"一词，就是从那时传下来的。

文采飞扬的欧阳修

> **词苑撷英**
>
> 聪敏：聪明敏捷。

欧阳修是"唐宋八大家"之一，精通诗词，名噪一时，曾在朝中为官，因不畏权贵，被贬到滁州。事情是这样的：他有个外甥女，生得聪敏俊秀，常住在他的家中，左丞相夏舒便借故在皇帝面前告了他一状，说他行为不端。皇帝大怒，便派人前去查证。这个夏舒又私下买通了查证的密使，终于把欧阳修定下罪状，贬出京城，他成了一名州官。

欧阳修来到滁州以后，每每想起这件冤屈之案，就愤愤不平。这天，欧阳修批阅完了几份公文，忽又想起他所受的打击，心中闷闷不乐，便信步走出屋外，好呼吸呼吸新鲜的空气，散散胸中的郁闷。他站在屋外的台阶上，只见天气晴朗，万里无云，城外西南方向，琅琊山耸立天角，蔚然一片，不觉霎时间游兴大发，心想：早听说这琅琊山风景秀丽，为何不去游玩一趟呢？想到这里，便立即招呼左右，备马上山。

欧阳修一路来到琅琊山下，果见山势峻峭，树木葱郁，泉流曲涧，水声淙淙，又见琅琊寺依山而立，寺院宽阔，殿宇宏伟，不禁赞叹：真是个好所在也！随即下马登山，直奔琅琊寺院。这时，早有一个和尚站在寺庙门口等候。和尚见了欧阳修，连忙施礼道："太守到此，僧家万幸！快请山堂一坐。"欧阳修跟随老和尚走进一间禅堂，在一阵寒暄之后，才知道这老和尚佛名智仙，是琅琊寺的住持大僧。欧阳修心中喜悦，就和智仙和尚开怀叙谈起来。当谈到当地的一些世事风情时，智仙和尚向欧阳修说："世事多曲折，处处皆一般，唯有山水之乐，最能陶人心情。太守这次虽然背负冤屈，来到山州草县，却有这山水做伴，依我看，也算是别有趣味。"欧阳修听了，不觉一愣，连忙问道："大方丈，你怎么知道下官的心思？"智仙和尚听了，朗声大笑道："太守向来正直，天下谁不知晓？想当年，你为了替范大人范仲淹打抱不平，写信痛骂朝廷谏官高若纳，真是忠心赤胆，万民拥戴。还有你那篇有名的《朋党论》，文清理正，更是人人叹服。只有那些朋党奸孽，才望文生畏，不得不绞尽脑汁报复你。僧家虽然身居空门，可耳目还是很好的。太守大人，你说是吗？"智仙说得句句真情，欧阳修听了感慨万千，忍不住猛地站起来，挽着智仙的手说："知我者，智仙也。"智仙和尚也欣喜不已，一面和欧阳修继续叙谈，一面招呼禅厨设宴款待，直到午后傍晚，方才别离。

从此，欧阳修和智仙和尚成了知心好友，欧阳修更是迷恋于琅琊寺的山水，每当公事闲暇之时，便来登山入寺，饮酒作乐，有时喝得酩酊大醉。智仙和尚为了方便欧阳修的游览，又在中途山道旁，盖了一座亭子，供欧阳修歇息、饮酒，这就是后来远近闻名的醉翁亭。有了这座亭子，欧阳修游山的次数更多了，有时干脆把公事也带到山上去办，醉翁亭就常常成了他办公的地方。

这天，欧阳修又去游山。智仙和尚听说欧阳修又上山了，

心理描写

运用心理描写的手法。心中所想所系实为民，游山玩水也是为民。后面又反问"为何不去"来加强语气。

曲折有致

文章以欧阳修的心情为线索，写得如同心电图，曲折有致，为后文扬起浪花做伏笔。

引用资料

用欧阳修的《朋党论》来塑造欧阳修的人物形象，让欧阳修成为人人叹服的大家。

便忙着准备酒宴，等候欧阳修游山之后，好再尽兴欢饮。谁知一直等到太阳落山，欧阳修还没有来。智仙和尚想：肯定是在醉翁亭喝醉了！便连忙下山，赶到醉翁亭去看看。智仙来到醉翁亭，老远就听里面一片喧闹之声，显然一场酒宴还没有结束。他急步走近亭前，抬眼看去，只见欧阳修经常办公的那张桌子上，笔墨纸砚、文件宗卷依然俱在，欧阳修却正在另一张桌子上和几个老百姓在一块喝酒猜拳。欧阳修喝得满脸通红，仿佛连那几缕稀疏的胡须都显出了红色。他一定是喝醉了！智仙不由得一步跨进门去，上前施礼道："太守，你喝了多少酒，醉成这个样子？"又向在座那几个人说："你们可别……"智仙的话尚未说完，只听欧阳修哈哈大笑道："我哪里醉了！百姓之情能叫我醉，山水之美能叫我醉，酒是不能把我醉倒的。偶有醉时，那不过是因痛恨朝廷昏聩，奸臣当道，借酒浇愁，或者自装糊涂罢了。"随后又自饮了一杯，接着又说，"我曾经自说酒醉年高，朝廷中有人也盼望着我早点老死醉昏，其实，我怎能满他们的意呢！"说罢，手抚胡须，闭目沉吟，片刻之后，竟又念出一首诗道："四十未为老，醉翁偶题篇。醉中遗万物，岂复记吾年。……"智仙听到这里，才恍然大悟，嘴里喃喃念道："原来醉翁不醉啊！"

正在这时，酒宴桌上忽有一人站了起来，这人身穿半旧长衫，看样子是个教书先生。他站起来说："太守为官正直，性情豪放，世人少见。今听太守吟诗，鄙人也吟得一首，现念出来向太守和诸位请教。"随即念道，"为政风流乐岁丰，每将公事了亭中。泉香鸟语还依旧，太守何人似醉翁。"念罢，众人皆拍手称好。智仙和尚格外欣喜，连忙说："写得好！写得好！你快把它写下来，明天我把它刻在碑上，永志不忘！"

欧阳修就是这样一个与民同乐、嫉俗愤世、文采飞扬的才子。

蒲松龄写《聊斋志异》

蒲松龄是清朝的一位秀才，山东淄博人。他博学多才，但相貌丑陋无比。传说蒲松龄年轻时进京赶考，殿试文章字字珠玑，主考官很是赏识，点了他头名状元。可是一到金殿，皇帝见蒲松龄长得丑，就对主考官大发脾气，说：

"堂堂圣朝，怎么叫丑八怪当状元？！"

主考官说："万岁，有道是'人不可貌相，海水不可斗量'。别看他相貌丑，他的文采在考生中，可算是鹤立鸡群了。"

皇帝说："说什么也不能让丑八怪当状元。"

蒲松龄心想，碰上这个混账皇帝，就算当了官有力气也使不出，有翅膀也张不开，没啥指望！一气之下，就背了包袱回家啦。

快到老家时，头一个碰到了张家大伯。大伯问道：

"考中没？"

"中啦？"

"中什么？"

"中状元。"

"中状元怎么背包袱回家？"

蒲松龄就把经过原原本本地说了一番。

张大伯说："呸！真是个昏庸的皇帝。"

走了一段路，碰到了李家大婶。大婶问道：

"考中没？"

"中啦！"

"中什么？"

"中状元。"

"中状元怎么背包袱回家？"

蒲松龄就把经过原原本本又说了一番。

李大婶说："呸！真是个混账皇帝。"

愈近家门，熟悉的人愈多，问的人也愈多。蒲松龄碰到一个说一遍，没有一个人不骂皇帝的。"混账皇帝""草包皇帝""末代皇帝"，什么骂法都有。蒲松龄心想，黎民百姓黑白分明，都比皇帝懂道理，心里也就舒坦了些。

回家住了几天，心里又觉得非常郁闷。

有一天，有个驼背老大爷，拄着拐杖缓缓走来，问道：

"怎么啦，有哪桩事感到伤心？"

蒲松龄说了说自己的心事。

驼背老大爷说：

"我讲个故事给你解解闷，好吧？"

"好呀，请！"

驼背老大爷就说了马骏飘海到罗刹国的故事。原来在那里把相貌丑陋的人当作是美的，可以做达官贵人；相貌好看的人却被当作妖魔鬼怪，是丑的。马骏因为生得俊美，人家见了他就逃。后来马骏脸上涂了锅灰，国王马上重用了他。

蒲松龄边听边想，起先很不高兴，一听完，又想了想，说：

"老大爷，这故事不错！这样是非不分、黑白颠倒的事，世上多着呢。"

"我们这里的人，会讲故事的多的是，你有一肚文采，为什么不把这些故事记下来，让世人去评议评议呢？"

蒲松龄双手一拍，说：

"好办法！好办法！老大爷，你说说该怎么开头？"

驼背老大爷说：

"你得先做到四个字。"

"哪四个字？"

"甜、酸、苦、辣！"

"这甜字是？"

"甜是嘴巴甜，对人要客气，称呼要温柔，男女老少都接近，故事就会多如牛毛！"

"对！这酸字是？"

"酸是心肠酸，故事里的人伤心，你就要流泪，要是长了木头心，故事哪能让人感动？"

"对，这苦字是？"

"苦有两层意思。"

"哪两层？"

"一层是泡壶浓茶，讲故事的人渴了，就喝上一口，润润喉咙。浓茶不是苦的吗？"

"对！还有一层呢？"

"还有一层是，写故事要做到寒冬数九不怕冷，大暑炎炎不怕热，无衣无食不怕苦！"

"对！这辣字是？"

"辣也有两方面的意思。"

"哪两方面？"

"一方面是备一份烟，爱抽烟的人，抽点烟，提提神，讲起故事来起劲。烟可不是辣的吗？"

"对！还有一方面呢？"

"还有一方面是，故事该辣的地方要辣，不要怕得罪人，辣能醒人。"

"对对对！我这就记下了。"

这以后，蒲松龄真照着老大爷说的话去做了。他听人家聊了一辈子故事，也给人家写了一辈子故事。

最后，蒲松龄将这些故事编成一本《聊斋志异》，里面收集了许多荒诞不经的仙狐鬼怪故事，借以讽刺社会的黑暗，表达自己怀才不遇的思想感情。

施耐庵与《水浒传》

施耐庵小时候聪明伶俐，勤奋好学，翻阅了很多手抄话本。有一次，他看到了《张叔夜擒贼》的话本，写的都是梁山泊宋江等一百零八人行侠仗义的故事。这本书把宋江等人行侠仗义、为民除害的行为写成了叛臣贼子的胡作非为。他心中愤愤不平，立志要为宋江等江湖豪客立传正名。

他觉得写作很容易，便动笔写了起来。刚一开头，便停住了笔。故事有了，人物有了，但这一百零八人的相貌、性格怎么写，一个个故事怎么连结？他苦思冥想，还是毫无头绪。于是便离家出走，到江阴游学去了。

一天，他碰见了祝塘镇大宅里的员外徐麒，两人在茶馆里从日出谈到日落，话才刚开个头。于是，施耐庵便应邀到了徐员外家。他请教了很多写作方面的问题，徐员外对答如流。他为了继续求教，便以教徐家两个公子为由，暂住徐府。他每日里教完课程，便伏案写《江湖豪客传》，遇到难题便去请教徐员外。

《江湖豪客传》写好之后，施耐庵辞别徐员外，便往钱塘县走去。在钱塘地面上，他便在酒楼茶肆讲《江湖豪客传》。很快，施耐庵的名字就传开了。他在钱塘靠讲书生活，靠听书来启迪自己的创作。在结识的朋友当中，有个说书的唐老先生很有见地，他对施耐庵说："施先生少年写书，令人敬佩，但要想书传后世，必须写好宋江等36人。这36人，你如果能找个好画家画出来，你再仔细琢磨，就能把人物写活写像。"施耐庵听后恍然大悟，上前施礼道："请老先生再指教一二。"唐老先生笑道："以《江湖豪客传》为名，就不如《忠义水浒传》有味啊！"施耐庵拍案叫绝。

一天晚上，他写到"宋江三打大名府"这回书时，大家都争先看。施耐庵对大家说："我就讲给各位听吧？"大家这才停住了争夺。他从"石秀跳楼劫法场"一直讲到"时迁火烧翠云楼""吴用智取大名府"。他讲得津津有味，大家听得入了神儿。当讲到"吴用兵分八路，杀进大名府"时，一个衙役便连呼："杀得好！杀得好！"刚巧，钱塘县令路过此地，听到喊声，大吃一惊，忙问："杀得好？哪个杀得好？"公差回道："老爷，一个姓施的在说《忠义水浒传》。"县令笑道："老爷我要看看！"县令不看还好，一看大怒："宣扬盗贼，诬蔑官府，煽动谋反，这还了得！快快与我拿下，打进死牢！"

施耐庵进了牢房，便想起了徐员外的话："我这里有书信一封，危难时可逢凶化吉。"他撕开衣角，取出信件。信中说："施兄可写宋江被朝廷招安，帮助官府征讨流寇。只有如此，你才能命存书存。"之后，施耐庵伏案写起了《水浒传》续集。

县令怒斥施耐庵："你为何写反书？""老爷，我是以反写正，颂扬天子威镇四海。""何以见得？""老爷，请看这后五十回。"县令接过书稿，看了看，笑道："写得好！写得好！"

就这样，施耐庵被无罪释放，他的《水浒传》也得以广泛流传。

金圣叹的传说

金圣叹一生批了很多书，是位很有名的人物。

一天，他到西湖灵隐寺去见老方丈，要批佛经。老方丈说："佛经是不能批的。"后来，他又向老方丈要佛经看一看，老方丈不给他看。为这事他俩争吵起来，一直争论到半夜。老方丈说："我出个上联，你对得上，就让你看佛经；对不上，佛经你就别看了。"金圣叹一想：对对子，那不是锅底下掏窝窝——手到擒来，有什么难处，就点头答应了。老和尚当场出个上联：半夜二更半。

你别说，这还真把金圣叹难住了，左思右想怎么也对不上。只好离开了灵隐寺。

后来，金圣叹因抗粮哭庙一案，被判了个杀头的罪。临刑的那一天，正好是八月十五。他猛不丁地想起了灵隐寺对对子的事，同时也想出了对句。他自言自语地说："我金圣叹临死之前，总算对上了老方丈出的那个上联，在文字上不欠什么账啦。"说完，就在狱中写了下面的对句：中秋八月中。

他拜托狱卒将他的下联送交灵隐寺老方丈。老方丈收到金圣叹的对句一看，连声称赞："对得好！对得好！只是这人狂妄自大，不和一般人交往，这大概是他招来杀身之祸的原因吧！"

诸葛亮拜师

诸葛亮八九岁时，还不会说话，家里又穷，爹爹就让他在附近的山上放羊。

这山上有个道观，里边住着个白发老道人。老道人每天都走出观门闲转，见了诸葛亮便逗他玩，用手比画着问这问那。诸葛亮总是乐呵呵地用手势一一回答。

老道人见诸葛亮聪明可爱，便给他治病，很快就把诸葛亮不会说话的病治好了。

诸葛亮会说话了，非常高兴，跑到道观向老道人拜谢。老道人说："回家对你爹娘说，我要收下你当徒弟，教你识文断字，学天文地理、阴阳八卦和用兵的方法。你爹娘若同意，就天天来学，不可一天旷课！"

从此，诸葛亮就拜这位老道人为师，风雨无阻，天天上山求教。他聪明好学，专心致志，读书过目不忘，听一遍就记住了。老道人对他更加喜爱了。

转眼七八年过去了。

再说，在这山腰间有个庵，诸葛亮每天上山下山都从这庵前经过。有一天，他下山走到这里，突然狂风大作，铺天盖地下起雨来。诸葛亮忙到庵内避雨。一个从未见过的女子把他迎进屋里。只见这女子长得细眉大眼，油嫩丝白，娇娆仙姿，犹如仙女下凡。他不由心中一动：庵里竟有这样漂亮的女子呀！临走，那女子把诸葛亮送出门，笑着说："今天我们算认识了，往后上山下山，渴了、累了，就来歇息用茶。"

打这以后，诸葛亮每到庵中来，那女子不仅殷勤接待，还盛情挽留，做好饭菜款待。吃过饭，他们不是说笑，就是下棋、逗趣。与道观相比，这里真是另一个天地。

诸葛亮思想分了岔，对学习厌倦了起来。他每天笑着从庵里出来，走进观里就发愁，真是"出门欢喜，进门愁，笑脸丢在门外头"。师父讲的知识他这个耳朵进去，那个耳朵出来，记不到脑子里；书上写的，看一遍不知道说的啥，再看一遍还是记不住。

老道人看出了问题，把诸葛亮叫到跟前，长叹一声说："毁树容易，栽树难啊！我白下了这些年的功夫！"

诸葛亮听出来师父话里有话，低着头说："师父！我决不会辜负你的一片苦心！"

"这话，现在我却不信。"老道人望着诸葛亮说："我看你是个聪明的孩子，想教你成才，才治好你的哑病，收你当徒弟。前些年你是聪明加勤奋，师父我苦心教你不觉得苦；现在你是由勤奋变懒惰，虽聪明也枉然哪！还说不辜负我一片苦心，我能相信吗？"

"师父！这些天我睡不好觉，头脑发昏。"诸葛亮怕说出真情，挨师父训斥，撒了个谎。

老道人说："风不来，树不动；船不摇，水不浑。"说着，他指着庭院里被葛藤缠绕的一棵树，说："你看那棵树为啥半死不活的，还不往上长呢？"

"让葛藤缠得太紧了！"

"对呀！树长在山上，石多土少，够苦的。但它根往下扎，枝往上长，不怕热，不怕冷，总是越长越大。可是葛藤紧紧一缠，它就长不了，这就叫'树怕软藤缠'！"

聪明人一点就灵。诸葛亮看瞒不过师父，问道："师父！你都知道啦？"

老道人说："近水知鱼性，近山知鸟音。看你的神色，观你的行动，还能不知道你的心事吗？"停了一下，老道人郑重地说，"实话给你说了，你喜爱的那女子并不是人，它原是天宫一只仙鹤，只因贪嘴偷吃了王母娘娘的蟠桃，被打下天宫受苦。来到人间，它化作美女，不学无术，不事耕耘，只知寻欢作乐。你只看它貌美，岂不知乃是寝食而已。你与她相爱，吃喝玩乐，倒也逍遥，但这样浑浑噩噩下去，终将一事无成。若不随她的意，还会伤害你。"

诸葛亮一听，慌忙问道："师父！这会是真的吗？"

老道人说："如果不信，随你的便吧，以后就别再登这观门啦！"

"师父！我相信。以后再不与她来往了！"

"这还不行。你要烧掉她的画皮，也好消除你的疑虑，永不怀念。"

"怎样烧掉她的画皮，还请师父指教。"

"那仙鹤有个习惯，每晚子时要现原形，飞上天河洗澡。这时，你进她的房中，把她穿的衣裳烧掉。衣裳是她从天宫盗来的，一烧掉，她便不能化作美女了。"

诸葛亮答应按师父的吩咐去办。临行，老道人将一把龙头拐杖递给诸葛亮，说："那仙鹤发现庵内起火，会立即从天河飞下来，见你烧了她的衣裳，必不与你善罢甘休。如果她伤害你时，你就用这拐杖去打，切记！"

这天晚上时，诸葛亮悄悄来到庵里，打开房门，果然见床上只有衣裳，不见有人，他就点火去烧那衣裳。

仙鹤正在天河里洗澡，忽觉心头一颤，便急忙往下张望，发现庵内出现火光，立即飞了下来。她看见诸葛亮正烧她的衣裳，便扑过来啄诸葛亮的眼睛。诸葛亮眼疾手快，拿起拐杖，一下子把仙鹤打落在地。他伸手去抓，抓住了仙鹤的尾巴，仙鹤拼命挣脱，翅膀一扑一闪，又腾空飞去。结果，仙鹤尾巴上的羽毛被诸葛亮抓掉了。

仙鹤秃了尾巴，与天宫中的仙鹤个个不同。这只仙鹤自己也知道丢人现眼，再也不去天河里洗澡了，也不敢再混进天宫去偷可以化作美女的衣裳了，便永远留在人间，混进了白鹤群里。

诸葛亮拿着仙鹤羽毛去见师父。老道人说："记住这个教训吧！你要想学好本领，干一番事业，这情色之事千万不可迷恋！"诸葛亮不忘这个教训，把仙鹤尾巴上的羽毛保存起来，引以为鉴。

打这以后，诸葛亮更加勤奋，凡师父讲的，书上写的，他都博学强记，心领神会，变成自己的东西。一天老道人笑着对诸葛亮说："徒弟呀，你跟我已经九年了，该读的书都读了，我要传授的知识，你都听了。常言道，师傅领进门，修行在个人。你已年满十八岁，该走出家门，干一番大事啦！"

诸葛亮一听师父说他"满师"了，连忙恳求说："师父，徒弟我越学越觉得学识浅薄，还要再跟你多学点本领！"

"真正的本领要在实干中才能得到。书上学来的知识，要看天地万物变化，随时而转，随机应变，才有用啊！比如，你上那仙鹤当的教训，以后就不再被情色迷恋，这是直接的教训。推而广之，世上一切事物都不可被它的表象所迷惑，要小心谨慎从事，洞察其本质。这算是我临别的嘱咐吧！今天我就要走了。"

"师父，你往哪里去？"诸葛亮惊奇地问："以后我到哪里看望您呀？"

"四海云游，没有定向。"

顿时，诸葛亮热泪滚滚，说道："师父一定要走，请受徒弟一拜，以谢栽培之恩！"

诸葛亮躬身拜罢，抬头已不见师父踪影。

老道人临走，给诸葛亮留下一件东西，就是诸葛亮后来常穿的八卦衣。

诸葛亮怀念师父，把师父的八卦衣穿在身上，只当师父永远在自己的身边。

诸葛亮不忘师父的教诲，尤其是那临别的嘱咐，特意把带在身边的羽毛做成一把扇子，拿在手中，告诫自己谨慎从事。

李白沉香亭咏牡丹

盛唐大诗人李白的沉香亭咏牡丹的名句，千百年来一直为人们所传诵。

一天，唐玄宗与杨贵妃在沉香亭观赏牡丹，李龟年领着一班子弟奏乐歌唱。唐玄宗对李龟年说："赏名花，对艳妃，你们怎么演唱旧词？这样吧，你快召李白来写新词。"李龟年赶到长安大街有名的酒楼寻觅，果然见李白正和几个文人畅饮，已经喝得酩酊大醉。当李龟年向他传达圣旨时，他醉眼微睁，半理不睬地睡过去了。

圣旨是误不得的，李龟年只好叫随从把李白拖到马上，到了宫门前，又叫几人左扶右持，推到唐玄宗面前。唐玄宗见李白烂醉如泥，便叫人搀他到玉床休息，吩咐端来醒酒汤。杨贵妃令人用冷水喷面，给李白解酒。李白躺在玉床把脚伸向高力士，要他脱靴。高力士无奈，只好憋着一肚子气，蹲下来为他脱靴。忙乱一阵，李白才从醉梦中惊醒。唐玄宗叫他赶快作诗助兴。李白微微一笑，拿起笔来，不到一炷香工夫，已经写成了《清平调词三首》：

其一

云想衣裳花想容，春风拂槛露华浓。

若非群玉山头见，会向瑶台月下逢。

其二

一枝红艳露凝香，云雨巫山枉断肠。

借问汉宫谁得似，可怜飞燕倚新妆。

其三

名花倾国两相欢，长得君王带笑看。

解释春风无限恨，沉香亭北倚阑干。

这三首诗，把牡丹和杨贵妃交互在一起写，花即人，人即花，人面花光融汇一片，同蒙帝恩。从结构上看，第一首从空间写，引入月宫阆苑。第二首从时间写，引入楚襄王和汉成帝。第三首归到现实，点明唐宫中的沉香亭北。且第三首春风与第一首春风，遥相呼应。

第一首第一句，见了云便想起贵妃的霓裳羽衣，见了牡丹花便想起贵妃的玉容。下句的"露华浓"，进一步点染牡丹花在晶莹的露水中显得格外娇艳，使花容人面更见精神。下两句将想象升腾到王母娘娘住的群玉山、瑶台、月宫等仙人世界，这些景色只有仙界才见，实把杨妃比作天女下凡。

第二首指出楚襄王曾为之断肠的神女，远远不及眼前的绝代佳人。再说汉成帝的皇后赵飞燕，还得倚仗新妆，哪里及得眼前花容月貌的杨妃，不须脂粉，全是天然绝色。这儿以压低神女和赵飞燕来抬高杨妃。

第三首一、二句把牡丹、杨妃、玄宗三位一体。倾国美人当指杨妃。第三句中"春风"二字即君王之代词。

唐玄宗对此诗很满意。后人编造说，高力士因李白命脱靴，认为受辱，乃向杨妃进谗，说李白以飞燕之瘦，讥杨妃之肥，以飞燕之私通赤凤，讥杨妃之宫闱不检。这是不可靠的。

引 用资料

这里引用了李白的诗歌。文学气息浓厚，在弘扬传统文化的同时，也可以激发读者对诗歌的兴趣。

议 论表达

以议论的表达方式来评鉴三首诗，点出三首诗各自的特色。

李密牛角挂书

李密的上代是北周和隋朝的贵族。李密少年时，被派在隋炀帝的宫廷里当侍卫。他生性灵活，在值班的时候，左顾右盼，被隋炀帝发现了，认为这孩子不大老实，就免了他的差使。李密并不懊丧，回家以后，发愤读书，决定做个有学问的人。

有一回，李密骑着一头牛出门看朋友。在路上，他把《汉书》挂在牛角上，抓紧时间读书。正好宰相杨素坐着马车从后面赶上来，看到前面有个少年在牛背上读书，暗暗惊奇。

杨素在车上招呼说："哪来的书生，这么用功啊？"

李密回过头来一看，认得是宰相，慌忙跳下牛背，向杨素作了一个揖，报了自己的名字。

杨素问他说："你在看什么？"

李密回答说："我在读项羽的传记。"

杨素跟李密亲切地谈了一阵，觉得这个少年人很有抱负。回家以后，杨素跟儿子杨玄感说："我看李密这孩子的学识、才能，比你们几个兄弟强得多，将来你们有什么紧要的事，可以找他商量。"

打那以后，杨玄感就跟李密交上了朋友。

由于李密饱读诗书，才识过人。隋末，他应杨玄感之邀，起兵反隋，后入瓦岗军，并起草讨伐隋炀帝的檄文。檄文中有这么一句："罄南山之竹，书罪未穷；决东海之波，流恶难尽。"从而为后人留下了"罄竹难书"这一精妙的成语，而"牛角挂书"也作为古今读书人勤学励志的一个典范，口口相传。

点明题旨

李密珍惜时光，努力学习，成为后世楷模。

头名状元

明朝嘉靖年间，在安徽合肥有两个读书人，一个叫吴情，另一个叫黄统。吴情家境贫寒，有学问，是当地一位有名的才子。黄统家里有钱，是个阔少，不学无术，而且他笨得出奇，念了三年的书，连一个字儿都没记住；最后，他父亲觉得没必要再浪费钱财，就想把先生辞了。

"哎呀，先生，这孩子太笨啦，我看您别费这份儿劲啦。"

先生还不死心，就说：

"老员外，您别着急呀，慢慢来嘛。"

他爸爸一听，想了想，说道：

"这么办吧，您再教一个月，我也不求多，能让他认识一个字，我就知足了。如果他认识一个字，我就奉送您五十两银子，怎么样？"

"行，您放心。"

老员外刚走，先生就开始琢磨：一个月的期限，教他一个什么字呢？嗯，教个笔画少的字。哎，姓丁的丁字，一共才两笔，一横，一竖钩儿，对！就教他这个"丁"字。

"过来，黄统，先生教你认个字，你看这个字，念丁！"

"念丁。"

"丁！"

"丁！"

"丁，丁！"

"丁，丁！"

"丁，丁，丁！"

"丁丁丁，丁丁当，丁当丁！"

先生听后，满心不是滋味，于是对黄统说道：

"行了，行了，单个念吧。丁！"

"丁！"

"对了，那边念去吧。"

自此以后，黄统每天吃饱了就念这个"丁"，一连念了二十九天。

到了第三十天的这天早晨，先生心想：今天够一个月了，他要是能认识这个字，五十两银子就是我的了。嗯，我先考考他。

"黄统，过来，我考你个字。"

先生随手写了个丁字："这念什么呀？"

黄统一看："先生，这字我认识。"

先生一听他说认识，感到特别高兴，便乐呵呵地问道："认识？它念什么呀？"

"我瞧着它眼熟，好像在哪儿见过。它应该是——大概是——反正您一说我就知道了！"

先生的那份高兴劲儿一下全没了，气急败坏地说："你怎么这么笨呀，这不是念丁吗?！"

"对，对，念丁。怎么样？您一说，我就知道吧！"

先生为了得到那五十两银子，绞尽脑汁。最后，他想了个办法，从墙上拔下个小钉子搁在黄统的手心里，并交代他说：

"你攥着这个钉子，待会儿你爸爸来考你一个字，就是这个字。我问你念什么，你就说念丁！要是实在想不起来的话，你就张开手，看看手里这颗钉子，就会想起来了。"

刚嘱咐完，老员外就来了，进门就问："先生，这孩子怎么样啊？"

"挺好的，您看我考他一个字。黄统，过来，你看这字念什么？"先生说完，随手在纸上写了个丁字。

黄统过来一看，毫不犹豫地说："先生，这字我认识。"

"好，认识，说吧，念什么？"

"我瞧它眼熟，好像在哪儿见过。"

先生一听，心想：麻烦了。赶紧提醒他：

"你手里是什么呀？"

黄统张手一看："手里——噢，铁！"

先生听罢，气得浑身发抖，赌气不教回家了。自此以后，黄统更得意，吃喝玩乐，整天胡混。

几年过去了，正赶上科考，天下的举子都要进京会试。吴情家里穷，当了点东西，凑了点儿钱，背着行李进京赶考去了。黄统一看吴情去了，他也要去！别看他没学问，可他有钱，带俩家丁挑着银子，骑着高头大马，也进京赶考去了。

当时，考场就设在崇文门里泡子河。门口有三座汉白玉的石头牌坊，左边写着"明群取士"，右边写着"为国求贤"，当中是"榜求俊逸"。考场上有三道门——龙门、内龙门、三龙门。

考场前面有条胡同，叫"鲤鱼胡同"，意喻鲤鱼跳龙门。龙门上有副对联，上联："铁砚磨穿五百白丁争羞耻"，下联："寒袍刺破三千浪里占鳌头"。横批："天开文运"。内龙门也有一副对联，上联："禹门三级浪"，下联："平地一声雷"。再往里走就是"致公堂""魁星阁""明渊楼"，左右两边是考棚，是按《千字文》里"天地玄黄，宇宙洪荒"编的号，一间挨一间，远看就跟马蜂窝似的。

黄统刚到龙门，就过来四个人，两个"搜检"，两个"巡衙"，把他拦住了。这是例行检查，怕考生夹带书卷，暗打小抄。刚一检查，黄统就把十两银子递过去了。别瞧他认字不行，干这手儿可机灵着呢！银子一递过去，搜检也不检查了，冲里边喊道：

"搜过，什么也没有，入场！"

后边吴情来了，身上衣衫褴褛，又没递银子，检查得就特别仔细，除了一张当票，什么也没搜到，搜检高声喊道：

"不准入场——搜当票一张！"

"啊？"吴情一想：千里迢迢进京赶考，就为这张当票吹啦，太不值了。他一咬牙，把仅有的五两银子递过去了，搜检马上就改口了：

"搜出当票一张，当票上没字儿，入场！"

到了考棚里边儿，吴情进的是"天"字号，黄统进的是"地"字号。等试卷发下来，吴情一看是以《四书》拟的题，内带成文《四书》三篇，《五经》四篇。对吴情来说，这根本是小菜一碟，他略加思索，提笔就写，凤舞龙飞，行似游云，速如闪电，挥毫而就，交上去了。

黄统连题纸上的字都认不下来，吃饱就睡，根本没提笔；可他心里有谱，就算一个字儿不写，交上白卷，他也得中，因为主考官是他舅舅。

果然，三场以后，吴情中了头名，黄统第二名。这是他舅舅留了个心眼儿：这头名状元树大招风，回头皇上还要在金殿上御试，就黄统这学问非出娄子不可！

得中以后，皇上果然在金殿亲自出题考试，也就是所谓的"殿试"。到了这天，应中的举子，聚集朝房。就听奏事处太监传旨：

"圣上有旨，宣天字号举子进殿见驾！"

吴情一听，赶紧来到金殿，三拜九叩已毕，跪在丹墀。

皇上说："天字号举子，朕出个上联，你来对个下联如何？"

吴情跪奏："微臣才疏学浅，恐出言不周，冒渎天颜，祈万岁恕罪。"

皇上说："听题：雪地鸦飞白纸乱涂几点墨。"

意思就是在雪地上有几只乌鸦在飞，如同一张白纸上滴了几个墨点子似的。

吴情才气确实不同凡响，张嘴就来，对的是：霞天雁过锦笺斜写数行书。

皇上高兴了："哎呀，真乃奇才！哦，爱卿，你叫什么名字？"

"臣叫吴情。"

皇上一听：吴情！无情者必然无义，像这等无情无义之人，岂能忠君报国？

"来呀，锦衣卫，将他赶出殿外，终身不得再入考场！"

吴情就这样被轰了出去。

接着奏事处太监又喊道：

"宣地字号举子上殿！"

黄统进来磕完头，跪在那儿东张西望，正在寻找他的舅舅呢。

皇上说："地字号举子听题：一行征雁向南飞。"

黄统张口说道："两只烤鸭往北走。"

"啊，这是什么对子？"

黄统还在强词夺理："你出一行征雁，我对两只烤鸭。"

"混账！朕说的征雁乃出征的征。"

"没错啊，我对烤鸭乃火烤之烤。您那蒸雁是熟的，我这烤鸭也是熟的，来瓶二锅头，咱们是又吃又喝！"

皇上一听，怒火万丈：

"住口！金殿之上，信口开河，分明是欺君犯上，哼！锦衣卫，推出午门，开刀问斩！"

此时，黄统他舅舅已吓得汗如雨下。因为他是主考官，皇上要是追究起来，他有失职之罪。他赶紧跪下，开口奏道：

"臣启禀万岁，念其黄统年幼无知，一时失口，冒污天颜，还望看在老臣面上饶他一死吧！"

皇上一听："嗯，爱卿，你说他叫什么名字？"

"姓黄名统，黄——统！"

皇上高兴了："哎呀，老爱卿，你怎么不早说呀！黄统这个名字太好了，这是朕的内侍呀。险些错斩了有用之臣，锦衣卫，快快松绑！就冲这个名字，朕要亲点黄统为头名状元并赐琼林宴！"

文武百官都愣住了，一齐拱手："启禀万岁，黄统有什么用啊？"

皇上用手一指黄统，说："黄统，皇宫里正缺一个马桶！"

满肚子墨水

从前，一户有钱人家为了培养出一个读书人来光宗耀祖，就把家中的独生子送进一家私塾。十几年过去了，这个有钱人家的少爷斗大的字还认不得几个。

一天，家里来了一个有学问的客人。父亲把客人请到客厅，两个人喝茶聊天。少爷听说来了一位有学问的客人，想见一见，可是又一想：在有学问的人面前不能显得自己没有学问，于是随手拿了一本书走进了客厅。

客人看到少爷进来，手中还拿本书，便恭维说："少爷是喝墨水的人，想必学问也一定不浅了。"

他的父亲听后摇摇头说："读书十载，胸无点墨，不堪造就。"

少爷听了，心想：原来自己不会念书，是因为没有喝墨水呀！于是他回屋磨了满满的一碗墨，咕咚咕咚喝了下去。还觉得不够，又磨了一碗，一仰脖子又喝了下去，然后兴冲冲地跑到了客厅，对他父亲说："爹爹，可不要再对别人说我胸无点墨了，我刚才喝了一肚子墨水，以后应该说我'满肚子墨水'了。"

老秀才讨吉利

从前有个老秀才，非常讲究，干什么事总想讨个吉利。

这一天，老秀才高高兴兴地准备去参加考试，他再三嘱咐妻子，一定要把书担子收拾得前轻后重，为的是讨个"前轻后中"的好吉利。临出门时，他又故意把帽子丢在家中的一口棺材上，意思是此次应试，又是"官"，又是"财"。

一切布置好，他带着书童就上路了。

老秀才一边走一边和小书童谈心："书童，这个担子好挑不好挑？"

书童心想：好挑个屁！害死人了。但是碍着情面又不好讲，只是淡淡地说："老先生，好挑是好挑，只不过后面有点打屁股。"

老秀才一听，眼睛瞪得就像灯盏窝一样，但也奈何他不得，主仆二人继续赶路。

又走了一段路，老先生突然站住了，故作震惊地说："坏了，我的儒冠丢在家中了，小书童，你赶快去帮我取回来。"

书童只得跑回去把他的帽子拿了回来，老先生拿着帽子故意问："儒冠在哪里找到的？"

小书童一想，刚才说溜了嘴，得罪了主人，今天是好日子，开口就讲棺材多不好！这次要接受教训，把话讲得文雅一点。

于是他说："老先生，是在寿器上拿到的。"

老秀才一听，更气了，把脚一跺："啊，受气？我出门又打屁股，又受气，还考什么呢！"

他气冲冲地回到家里躺了三天三夜。

金榜题名祝酒令

相传宋代永兴地方，有一财主姓赵，名开。这一年，他的儿子得中举人，全家欢喜。为了感谢先生，他特地办了一桌筵席，并请了老农邻居一家和女婿、女儿、长工作陪客。

先生满意的是东家热情的招待，不满的是老农和长工同坐，认为有失身份。为了抹老农和长工的相，并显示自己的才学，酒过三杯后，先生站起来说："今日多谢东主盛情，特备佳肴美酒，我为我的学生金榜题名而祝贺。大家不能冷冷清清喝酒，还是各行一个酒令助兴才是道理，哪个说不出一个酒令，就免吃酒菜。"接着先生又说："说酒令有个条件，要说三字同头，还要说出三字同边，要说出个不是，还要说出个哪里，那就由我开始吧！"

"三字同头芙蓉花，三字同旁姑嫂妈；不是姑嫂妈，哪里去摘芙蓉花。"说完轻蔑地瞟了长工一眼，然后得意扬扬地吃菜。

东主的女婿也读过一些书，当然难不住他，他也念起来："三字同头大丈夫，三字同边姐妹姑，不是大丈夫，哪里有姐妹姑。"

邻居老农虽没有读过书，但年纪大，见识多，也站起来说："三字同头左右友，三字同边清淡酒，不是左右友，哪里有清淡酒。"

最后轮到长工，他已意识到这鬼先生今天行酒令的目的，是要为难他，心想要刺他一下，于是站起来说："三字同头先生牛，三字同边塘坝坵，不是先生牛，哪里能梨塘坝坵。"说完后，也瞟先生一眼，吃起酒菜来。

那先生弄巧成拙，讨了个没趣，又气又恼，却又无可奈何。

妙联得佳宴

从前有个财主，为自己的儿子请了一个教书先生，答应每逢七夕宴请一次。可一连数载，财主也没有实现自己的诺言。这年又到了七夕，财主依然用粗茶淡饭招待，先生感到很气愤，叫财主的蠢儿子对副对联，上联是："客舍凄凄，恰似今宵七夕。"

财主儿子回答不出，问财主，财主代答道："寒林寂寞，可移下月中秋。"先生没有办法，只好等到中秋。转眼一晃又到了中秋，财主又失信了，先生又出了副对联："草之无心，遇节即时换不过。"

财主见儿子答不了，又代对道："黄花有约，重阳以后待不迟。"先生没有办法，只有忍气吞声又等到重阳。很快重阳节又到了，客舍依然清冷，先生又出了个对联："汉三杰，张良韩信狄仁杰。"财主不等儿子回答，笑了起来，"先生错了！狄仁杰是唐朝人，怎么会变成汉代的呢？"

先生笑道："你前唐后汉都记得清楚，为何一顿饭却会忘了呢？！"

财主一听，知道说漏了嘴，只好忍痛摆了一桌佳宴给先生吃。

苏东坡的谜

苏东坡任杭州太守时，常爱到灵隐寺玩。寺院内有一片茶园，寺里的老方丈就用自制的茶叶待客。老方丈学识渊博，无论是诗词绘画，还是下棋猜谜，都很有研究。一来二去，苏东坡便和他成了好朋友。

这天，苏东坡与老方丈约好去灵隐寺，刚想出门，忽听仆人通报，说好朋友秦观从定海来了。他马上放下东西，迎出门去。

宾主寒暄了一番后，秦观告诉苏东坡，他与黄庭坚等四位朋友相约，今日同来苏府小聚，他们随后就到。

苏东坡一听大喜，几位好友，分散各地，相聚实在难得，于是马上把仆人叫进来，吩咐道：

"你快到灵隐寺去向老方丈打个招呼，说我今天有事，改日再去拜访。"

仆人刚转身要走，苏东坡又喊住他："哦，等一下！今天有几个客人要来，我向老方丈讨样东西待客，你顺便带回来。"

苏东坡说罢，拿起纸笔要写，忽又放下，回头笑着对秦观说："老方丈爱猜谜，我干脆不写字条，给他猜个谜。"

苏东坡对仆人上下看了看，然后说，"你拿顶大草帽戴在头上，再穿双木屐去，让老方丈看看你，也就能猜出我要的东西了。"

仆人来到灵隐寺，向老方丈说明了苏东坡的意思。老方丈看了看仆人后，从禅房里拿出了一大包东西递给仆人。

等苏东坡拆开纸包，仆人才恍然明白，主人要的是茶叶。

郑板桥作诗

郑板桥从山东潍县罢官回来，在扬州以卖画为生，成了著名的扬州八怪之一。他怪就怪在天生傲骨，疾恶如仇，不爱钱财，不惧权势，悠闲自得。他在画店门口，题了一首诗：

> 画竹多于买竹钱，
>
> 纸高六尺价三千。
>
> 任他说旧谈友谊，
>
> 只当秋风过耳边。

他定了五条画例："立索不应，劣纸不受，不韵者不画，强索题者不画，兴致不到者不画。"下面盖上"康熙秀才""雍正举人""乾隆进士""七品官耳""板桥郑燮"五颗印章。他确有个怪脾气，要他画，偏不画；不要他画，偏要画。怎奈他名气太大，号称"诗""书""画"三绝，能得他一幅墨宝，便是莫大的光荣。特别是豪商巨贾，如果不挂上一幅郑板桥的画，就觉得脸上无光。

扬州有个大盐商叫姚有财，富敌王侯。他一心想求郑板桥的画，却总是碰钉子。后来有人给姚有财献了妙计，乐得他连连称赞。

时当阳春三月，草长莺飞，春光明媚。郑板桥无官一身轻，出了新北门，来到瘦西湖，信步闲游，饱览风光。他来到一所茅屋面前，只见一湾流水，几丛修竹，绿叶扶疏，风景如画，不觉精神一爽。这时屋内传出铮铮的古琴弹奏声。一会儿，从里面走出一个衣着整洁的老人，对来客拱手相迎，邀请入室。郑板桥毫不客气，跟了进去。只见粉墙雪白，一尘不染，桌子上陈放着文房四宝，墙上挂着一张古琴，饶有雅趣。再看向阳的墙上晒着几张狗皮，便显得不伦不类。

老人烹茗款客，板桥举杯饮酒，问老人尊姓大名。老人道："鄙人城内本有宽敞房子，只因我偏爱山水，所以在此另盖草屋，偷享清福。"郑板桥说："我也是欢喜清静的人，想不到我俩彼此嗜好相同。"接着他指着墙上的狗皮问道："请问，这几张狗皮有何用处？"

老人笑道："不瞒你说，老朽平生没有别的嗜好，就是喜欢吃狗肉。先生若不嫌弃，就在我这里吃一顿红烧狗肉便饭如何？"

谁都知道郑板桥以爱吃狗肉出名，他高兴地说："好！好！"饱餐一顿狗肉之后，板桥兴味还浓，挥笔作画，不一会儿工夫，即成一幅，顺笔落款。只见画中修竹扶疏，神妙无比。那老人见了乐得合不拢嘴，便说："改日老朽进城，专为先生准备一席狗肉宴，务请先生光临。"

第三天，郑板桥赴宴。大厅正中挂着板桥的那幅画。几个肥头大耳的盐商，正在交头接耳评画。主人姚有财在旁边捋须微笑。郑板桥此时才恍然大悟，原来那天请他吃狗肉的那个老人，正是面前这位姚有财。既已上当，后悔也没用了，他灵机一动说："有画无诗无字，不成三绝。"说道，摘下画幅，题上一首诗：

有钱难买一竹根，

财多不得绿花盆。

缺枝少叶没多笋，

德少休要充斯文。

郑板桥写罢便昂首大笑而去。等郑板桥走远了，这个大盐商才悟出诗中的味道来。原来这是一首藏头诗，每句诗首字连在一起便是"有财缺德"四字。姚有才尽管机关用尽，但到头来落得个自讨没趣，一气之下瘫倒在地，再也爬不起来了。

张良拜师

汉高祖刘邦建立汉朝天下时，手下有一个很有计谋的大臣，名叫张良。刘邦称赞他说："张良在一个小帐篷里出的计谋，在千里之外也会取得胜利。"这说明他对任何事都考虑得很细致、很周密。

张良年轻的时候，有一次在一座桥上遇到一位穿着布衣的老人。当张良走到他跟前时，老人一甩脚，就把一只鞋甩到桥下去了，然后转过头对张良说："小伙子，下去给我把鞋捡回来！"

张良心里很不高兴，要不是看他年老，真想揍他一巴掌。张良忍住气，下桥把鞋捡回来，递给老人。

"给我穿上！"老头大模大样地说。

"好，我既然已经给你拿回来了，干脆帮人帮到底，替你穿上。"张良这样想着，跪下一条腿，准备给老人穿鞋。

老人伸着一只脚，等张良给他穿好鞋，笑了笑就走了。张良

语言描写

刘邦直接赞美张良，表明张良的计谋可以决胜千里之外。

心理描写

描写了张良的心理，为后文拜师埋下伏笔。

看着老人的背影，心里感到很奇怪，他觉得这人一定不寻常。老人走了约一里路的样子，又回来了，说："你这年轻人还算值得我教教。五天以后的清早，在这儿跟我见面吧。"张良照他的吩咐，按时来了。谁知老人已经在桥上等着他了，一见他来，生气地说：

"跟老人约会，还迟到！像话吗？过五天再来吧！"说完就走了。

又过了五天，鸡刚叫，张良就来了，满以为这次算早的了，谁知老人又已经在那儿等他了。

"你又迟到了！走吧！再过五天，早点来！"

张良两次都碰了钉子，下决心要比老人早到桥上。这一次他半夜就起来，站在桥头上等着。老人来到以后，高兴地笑了，说：

"这才是虚心拜师的表现呢！"

老人拿出一部书来，对张良说："好好学这部书，你能成为一个出色的军事家，十年以后你会成功的。到第十三个年头时，你到山东济南去见我。"

老人给张良的是一部《太公兵法》。他刻苦钻研，掌握了军事上的许多战略战术，终于成了一名有智有谋的军事家。

毛遂自荐

两千多年前，有一个叫毛遂的人，很有才华，但并不为人所知。

毛遂在赵国平原君的家里做食客，平时没什么人注意他，也不知道他有什么才能。当时，平原君家里养的食客多达上千人，但每当遇上紧急事务时，没有多少人能想出好办法来。

那时秦国的野心很大，总想把其他国家吞并掉，便派兵围住了赵国的国都邯郸。赵国让平原君立即到楚国，求楚王派兵援救。平原君打算挑选二十名有能力的食客，跟他一起去。但挑来挑去只有十九个人合格，怎么也选不出最后一个人了。这时，毛遂走了出来，对平原君说："让我跟您一起去吧。"

平原君不认识毛遂，问道："您是谁？在我这儿有多长时间了？"

"我叫毛遂，在您这里三年了。"

"三年了？"平原君犹豫了一下，"一个人如果有本事，就像一把尖尖的锥子，把它装到什么口袋里，都会露出锥尖的。你在我这儿三年，却没露出一点尖来，谁也不知道你，可见你……"

平原君还没说完，周围的食客都哈哈大笑起来，嘲笑毛遂不自量力，竟跑来自我推荐。

毛遂不慌不忙地说："我这把锥子没露出尖来，是因为您根本没把我装到口袋里去，老让我在外边待着。今天您试试看，我和您一块到楚国去，一定会帮到您的。"

到了楚国之后，楚王不同意派兵救赵，平原君和那十九个食客都没办法说服楚王。只有毛遂给楚王一条条、一项项地分析利害关系，说明如果赵国被秦国吞并，秦国下一步的目标就是楚国了。只有各国联合起来一致抗秦，才能保住自己的国家。

楚王终于接受了毛遂的建议，派兵援助了赵国。

孔子讲学

孔子带着弟子们到楚国去讲学，路上经过一片树林时，看见一个驼背老人正用顶端涂着树脂的长竿粘蝉。只见他一粘一只，就像在地上拾麦穗一样容易。

孔子走到老人跟前，问道：

"老人家，您的手真巧啊！有什么窍门吗？"

老人放下长竿，回答说：

"是啊，在训练方法上，我有自己的诀窍。我用了五六个月的时间，天天练习用长竿托举重物。当在长竿顶端放两枚弹丸而掉不下来时，捕蝉就很少有失误了；放三枚弹丸而不下来的时候，捕蝉就好像在地上拾东西一样了。在捕蝉时，我平心静气，犹如木桩；举臂执竿，犹如枯枝；天地虽大，万物虽多，我眼中只有蝉翼。我志趣专一，心无二念，不因外界纷杂的事物而干扰我对蝉翼的注意力。做到这样，还有什么样的蝉捕捉不到呢？"

孔子回过头来，对他的弟子说：

"做任何事情，只有锲而不舍，专心致志，才能出神入化。这位驼背老人的行为不就证明了这一点吗？"

比喻手法

把捕蝉时身体的状态比喻为"木桩"，执竿的手臂比喻为"枯枝"，形象地说出了"我"捕蝉时的样子。

画龙点睛

用孔子的话点明文章主旨。

蒲松龄作诗

唐太师在家里大摆宴席，为他的母亲祝寿。朝廷内大小官员和绅士都带着丰厚的礼品前去贺寿。坐在宴席上的人，一个个都是蟒袍玉带、锦衣缎靴；一道道菜肴，自然都是山珍海味。酒过三巡，正是热闹的时候，忽有仆人进来禀报，说是门外来了一个身穿半旧蓝布衫儿的老头，自称和老爷是旧交，来为老太太祝寿。

唐太师一听，便知道蒲松龄到了，忙命令道："快请！"一会儿，进来一个面容清瘦的老汉，唐太师离席将蒲松龄让上了宾席。蒲松龄不但穿着寒酸，前来祝寿也是空着两只手。唐太师心里明白，这老先生前来，已是很瞧得起他了。那是因为他俩确有比较深厚的交情，要是别的当官的人家，轿子也抬不来他。

可是有些官员却瞧不起这寒酸老头，还有那位势利眼的大管家，他给别的官员绅士们殷勤地敬酒，却有意冷落蒲松龄。这管家有一只眼不大好，人称独眼龙。蒲松龄也不理他，自斟自饮，旁若无人。

过了一会儿，一个官员捧着一杯酒对蒲松龄说："久闻蒲先生才华超群，诗文并茂，今日喜逢，三生有幸！下官敬酒一杯，恳请蒲先生即席赋诗一首！"别的官员们也随声附和，"请蒲先生赏脸！"

蒲松龄推辞着，目光落到那管家身上，略加思索，开口道："鄙人确实不会作诗，既然众位如此推重，那我就胡诌几句，助助酒兴。不过，这首诗是我前几日作的，今日就拿来献丑吧！那天，我要出门，我那老妻刘氏死活不让我走。她坐在门口纳鞋底，挡着我的去路。我好话说了一大堆，求她放我出去。最后她说：'好吧，你真的要走，就立刻作首诗出来，作不出，休想出去。'咳，作首什么诗呢？忽然，我瞧见她手中的针，一首打油诗冒了上来。我对她念道：'不是金来不是银，能工巧匠磨成针。因为长着一只眼，只纫（认）衣裳不认人。'听了我的诗，老妻合掌大笑，我就趁机走了。"

蒲松龄话音刚落，筵席上响起一片笑声。那位管家自知是在骂他，气得直瞪眼。

匡衡借光

我国古代著名学者匡衡，很小的时候就开始从事体力劳动。因为他的父母是贫苦农民，一家人每天起早贪黑地干活，但只能勉强糊口。

匡衡从小聪明好学，艰苦的生活磨炼了他的意志。家里穷，点不起灯，不能念书。他就琢磨：隔壁的人家灯光明亮，我从隔壁"偷"一点光过来，不就解决问题了吗？于是，匡衡在墙壁上凿了一个洞，一条光柱射进了他的屋子，他捧起书，凑到洞口，如饥似渴地读起来。

动 作描写

"捧、凑、读"三个动词的使用，形象描绘了匡衡借光读书时的场景。

匡衡所在的村子里，有个非常富裕的人，他藏书很多。匡衡主动去他家干活，不要一文工钱，富人觉得奇怪，问他这么做的原因。匡衡说："我不要工钱，只要您肯把家里的书借给我看，我就满足了。"匡衡勤奋好学的精神感动了富人，满足了他的要求。

升华主题
一句话升华了匡衡借光的主题，号召大家刻苦学习。

匡衡捧着借来的书，借着从墙洞射过来的灯光，废寝忘食地学习。他积累了丰富的知识，终于成了历史上有名的学者。

刻苦学习的匡衡成了后人学习的榜样。

好好先生

概括叙述
交代了故事发生的时代、人物及其性格特点，为展开后文定调。

东汉时有个人，名叫司马徽，平时最怕得罪人，怕给自己招灾惹祸，别人和他讲什么事，不管是好的，还是不好的，他总是回答说"好"。

有一天，他在路上碰到了一位熟人。那人问他身体怎么样，一向安好吗。他回答说："好。"

语言描写
这里的神态描写，生动地再现了"好好先生"的性格，也形象地表达了他妻子对他的无可奈何。

又有一天，有个老朋友到他家里来，十分伤心地告诉他自己的儿子死了。谁知司马徽竟说："好！"等那个朋友走后，司马徽的妻子责备他说："人家认为你有德行，所以相信你，把心里话讲给你听，可是你听人家说儿子死了，反而说好，真不像话。"司马徽听了，不紧不慢地说："好！你的话太好了！"他的妻子又气又恼，哭笑不得。

这位好好先生是非不分，又怕得罪人，只求平安无事。慢慢地，朋友们都疏远他了。

王献之不再骄傲了

王献之是我国晋朝著名书法家王羲之的儿子。他小的时候，家里常常有很多客人来向父亲求教书法。每当王羲之和客人一起谈论书法艺术的时候，献之总是在一旁认真地听着。时间久了，他对书法渐渐产生了浓厚的兴趣。七八岁的时候，他就跟父亲学习写字了。

有一次，王献之正在书房聚精会神地练字，父亲来看他，见他很专心，便悄悄地站在他背后观察。看了一会儿，父亲伸过手去猛地拔他手里的笔管，却没有拔动。

这件事使王羲之很高兴。事后，他兴奋地对妻子说："献之这孩子很有出息，练字时精神集中，旁若无人；握笔不懈，运笔有力。如此苦练数年，一定会练得一手好字。"妻子听了频频点头，也表示满意。

不料，父母的对话被王献之听到了。他想，像父亲这样鼎鼎有名的书法家都表扬自己，大概自己练的字快赶上父亲了吧。从此，他就骄傲起来了，练字不像从前那样专心了，又因父亲有事外出，久不回家，他学习书法就越加松懈了。母亲批评他，他不以为然。

过了些天，王羲之回来了。母亲把儿子的表现告诉了他。王羲之急忙到书房去看儿子，献之果然不在。书桌上放着一篇没有写完的大字。王羲之仔细一看，其中"鹅"字的"我"字旁竟忘写了一个点。王羲之摇了摇头，自言自语地说："这孩子，太不像话！"然后顺手拿过笔，将那漏掉的一点补上。

王献之在外面玩够了，忽然想起父亲留下的作业还没有完成，便急忙回到书房去补写。写完以后，他拿去给母亲看，还自夸说："母亲，您看我写的字，是不是快赶上父亲了？"

母亲接过献之写的字，端详了一阵子，说："你写的字跟你父亲写的可差远了，不过这'鹅'字这个'点'很像你父亲的字迹。"献之听了一愣，忽然想起自己原来并没有写上这个"点"呀！这究竟是谁给我添上的呢？当他知道父亲已经回到家里时，才恍然大悟，这个"点"一定是父亲给添上的。献之想到母亲一眼就能看出这个"点"和其他字迹的功力不一样，这不仅说明母亲的眼力好，对父亲的书法有鉴赏能力，同时，也说明父亲写的字确实比自己好得太多了。想到这里，献之感到很惭愧，主动向母亲承认了错误，表示以后不再骄傲了，一定要像父亲年轻时那样勤学苦练。

从此，王献之苦练书法，持之以恒，终于在书法艺术上取得很大的成就。后来在民间广泛流传的"费尽三缸水，一点像羲之"的故事，讲的就是王献之学书法的这段插曲。

徐文长竿上取物

徐文长是明代文学家、书画家，从小就是一个聪明机灵的孩子。

有一年春天，伯父想考考孩子们。他拿出两桶水，对孩子们说，无论谁能从一座又矮又软的小桥上把两桶水拿到河对岸去，他就给孩子们发奖品。水桶很沉，孩子们都被难住了。

徐文长说："让我来试试！"他先把一桶水放到水里试一试，见木桶没有沉下去，就找来两根绳子，把两桶水放在水面上牵着，边牵边走，轻轻松松地从桥上走到了河对面。

见徐文长过了桥，伯父一边点头称赞，一边把准备好的奖品取了出来。孩子们一看，奖品绑在一根长长的竹竿子上。伯父说："要拿到奖品，得满足我的两个条件：第一不能把竹竿横放下来，第二不能垫着凳子。"竹竿很长，孩子们怎么跳也摸不到礼物，都泄气地坐下来，用期待的目光看着徐文长。

徐文长仔细打量了一下长竹竿，想了想就走了过去，从伯父手中接过了竹竿。他把竹竿拿到一口水井旁，然后把竹竿竖直，慢慢地从井口放了下去。很快，竹竿的顶部就和自己的身子一样高了，徐文长就把礼物从竿头上取了下来。孩子们都欢呼起来。

伯父见了，点头说："这个孩子将来一定有出息。"

农民告状

很久很久以前，在一个村庄里住着一位贫穷的农民，他家的旁边就是地主的庄园。这个农民一贫如洗，全家只有一头母牛。有一次，这头母牛偷偷地钻到地主的三叶草草地上去吃草，被地主一眼看见，拿刀把牛宰了。

农民的妻子劝他去找地主，让地主出钱赔偿他的损失。农民去了。地主更加生气，命令仆人们把这个农民绑在一条长板凳上，七手八脚，打了他十大鞭。

农民挨完了打，回到家中，一五一十地对妻子诉说了一通。

妻子说："咱写份状子，告到国王面前，我相信他能给咱评个理。"

农民回答："怎么写啊？我又不识字！"

词苑撷英

一五一十：数数目时往往以五为单位，一五，一十，十五，二十……数下去，因此用"一五一十"形容叙述时清楚有序而无遗漏。

他想来想去，终于想出一个办法。

他找了一块大木板，用刨子把木板刨得光溜溜的，把自己的小屋子和地主的庄园都刻在木板上。从这块木板上可以看见母牛是从什么地方钻到地主的三叶草草地上去的，也可以看出来，地主是在什么地方把牛杀死的。农民又在这两幅图的下面刻了一条长板凳，凳上趴着的人就是他自己，旁边又刻了十道直线条。

农民把这块刻着诉状的木板背在背上，就启程去见国王了。

一路上要经过一片大树林。农民在林中遇见了一个打猎的人。猎人问：

"你到哪儿去啊？"

"到国王那里去，告我那地主邻居去。"

"地主怎么得罪你了？"

农民把木板从背上放下来，把他的诉状拿给猎人看。猎人看了半天，一点儿也看不明白。

农民觉得很奇怪，说："这不是都画得清清楚楚的吗？你看，这里是我的家，这里就是地主的庄园和地主家的三叶草地，我的牛就是从这里钻进地主的草地上的。牛就是在这里被地主杀死了。这条长板凳，就是仆人听了地主的话，把我绑在上面打了十大鞭的板凳。"

猎人说："现在我全都明白了！你快见国王去吧，他一定会帮你的忙。"

猎人说完骑马走了，农民又继续向前走去，他根本没想到这个猎人其实就是国王。

农民走进国王的城堡，来到一间陈设得异常华丽的大厅，国王坐在宝座上，两旁站着十二个大臣。国王头上戴着一顶金王冠，闪闪发光，身上披着一件大红色的斗篷。

农民先把木板拿给第一个大臣看，并请求道：

"劳驾您，把地主欺压我的事，念念吧。"

第一个大臣把木板看了又看，怎样也看不明白。其余的大臣也看不明白。他们都想把这个农民赶出去，国王就命令大臣把木板拿给他看看。第一个大臣把木板传递给第二个大臣，第二个大臣把木板传递给第三个大臣，当第十二个大臣把木板递给国王时，国王命令农民走到他的面前来。

国王问农民："这儿是你的屋子吗？"

"对啦，陛下，就在这里。"

"这儿是地主的庄园吗？"

"是，是，这儿就是。"

"你的牛跑到地主家的三叶草地上去了吗？"

"陛下，是的，它是跑到那儿去了。"

"地主把它杀死了吗？"

"陛下，是他把牛杀了。"

"你去找地主说理去了，反而让他们打了你十鞭子。"

"是的，陛下，整整十鞭子，一点儿也不错。"

因为国王猜得太对了，农民高兴得竟忘乎所以了，为了表示他对国王的称赞，就伸手拍了拍国王的肩膀，高兴地喊叫着：

"这才真是个好脑袋呢！可不像你那些大臣，简直太蠢了！"

农民说完，便用轻视的眼光把国王的十二位大臣扫了一下。

国王非常高兴，因为他显然比他的大臣聪明！于是对农民说：

"你回家去吧，我一定让他不敢再欺侮你了。"

不久，地主接到国王给他的一张纸，纸上命令他给这个农民造一所新屋子，一个牛棚，一个猪圈，一个羊圈，买一头母牛，再送给他一大块地。

后来，农民和农民的妻子因此事常嘲笑邻居地主。同时，农民也时常说：

"国王可真是一个贤明的国王啊，他一下子就把我的状子看明白了。那些蠢大臣们什么也不明白，连念都不会念。国王还养活这些人干什么？"

农夫救儿子

从前，有一位老农夫，经常和他的妻子带着小孩子在地里劳动。每次干活时，他们总是让孩子在离地不远的一块大石头旁边玩耍。

一天，他们与平时一样，正在地里干活，突然，从森林里出来一只大猩猩，偷偷地把孩子抱走了。当他们听到孩子的哭喊声时，猩猩已经抱着孩子逃进了森林里。夫妻俩拼命地追赶。可是，追了一整天，还是不见孩子的踪影。正当失望的时候，忽然，他们看见不远的地方有一间小茅屋，便走了过去。原来屋子里堆满了蚕丝，一位白发鬓鬓的老人正在专心致志地整理那些乱蚕丝。老人看见他们进来，便对他们说："你们看，这么多的蚕丝，乱成一团，我年纪大了，手脚也不灵便，什么时候才能整理完呢？请你们帮帮我吧！"虽说老两口找小孩奔波了一整天仍无下落，现在已经筋疲力尽，而且心急如火，但他们看见这位孤苦伶仃的老人，心里不由自主地一阵难受，就默默地坐下来帮老人整理蚕丝。理完后，老人漫不经心地问他们："你们上哪去？"

老农夫回答说："猩猩偷走了我们的孩子，我们是来寻找孩子的。可是，找了一整天也没见孩子的影子，真急死人！"

老人说："你们别着急，我一定想办法帮助你们把孩子找回来！"

老农夫听了很高兴，马上和他的妻子给老人跪下，磕了三个响头，恳求老人尽快替他们想办法。

老人同情地说："刚才你们帮了我的忙，我也要报答你们的。不过，现在已经天黑了，你们先在这里过夜，明天早上一定将孩子找回来。"

第二天清早，老人告诉农夫说："我给你们三个罐子：一个能冒火，带来熊熊烈火；一个能扬尘，造成飞沙走石；另一个能使日月无光，天昏地暗。"

老人用手指着屋外继续说："你们沿着这条路走，走到一条干涸的河边就停下来。那时，你们可以看到河的对岸有一棵大树，大树下有许多猩猩在玩耍，你们的孩子就躺在大树底下的大石头旁边。"

农夫急忙问："那么，我们如何去救孩子呢？"

老人说："你们不用担心。到了河边，看见孩子后，你们抱起来就走。猩猩追赶你们时，这三个罐子就会起作用。"

农夫问："如何使用罐子呢？"

"先抛出冒火罐，如果不行，再抛出扬尘罐，如果仍不行，再抛出最后一个罐。就这样，你们放心地去吧！"农夫和他的妻子高兴地辞别了老人，沿着他指引的道路走去。到了干涸的河边，他们果然看见一棵大树下有许多猩猩，他们的孩子正躺在猩猩旁边的大石头下。他们按照老人的嘱咐，壮着胆子，偷偷地走到孩子的旁边，冷不防地抱着孩子就跑。猩猩看见了他们，一个个飞也似的追赶上来，越追越近，眼看就要追上他们了。突然，农夫想起了老人的嘱咐，抛出冒火罐，罐子里冒出熊熊烈火，把追赶的猩猩烧伤了，但它们还是拼命地往前跑。看见这种情况，农夫又抛出扬尘罐，顿时风声大作，飞沙走石，可是仍然不起作用。眼看他们又被追上了，农夫和他的妻子腰酸腿痛，差点儿跑不动了。正当农夫束手无策的时候，妻子大声地喊着："赶紧抛出第三个罐子，也许还可以救救我们！"农夫听见喊声，立刻抛出第三个罐子，骤然间，日月无光，天地一片黑暗，猩猩们看不见路了，只好跑回森林里去了。

农夫和他的妻子领着孩子安全地回到了家，过着幸福的生活，但他们仍念念不忘那位好心的老人。后来，他们领着孩子去森林中答谢救命恩人时，却再也找不到茅房和老人了。原来，老人是一位神仙。

能巧巧

王家庄有个媳妇叫能巧巧。她不光模样俊，心眼好，还精明过人，千能百巧。能巧巧摊了个生性乖僻、做事古怪的公公，人们都叫他"王别古"。

这一天，王别古和儿子要下地干活，就交代儿媳妇能巧巧："眼下活紧，我爷俩都在地里吃饭，你蒸没底的馍馍，烧锅九开汤，熬上二十样菜，送到鬼头集去。"说完就下地了。

到了该做饭的时候，能巧巧刀铲瓢勺乒乒乓乓一阵响，饭菜做好了，收拾了挑子，担起来就送饭去了。

王别古老远就看见儿媳妇向这里走来，心想：她怎么知道鬼头集就是挨乱葬岗子的这块地？等能巧巧放下挑子，揭开饭碗子，他更吃惊，不过他还是说："拿出没底的馍馍吃饭吧！"能巧巧把窝窝头递给他，他翻来覆去地看：是没底，对了。能巧巧又舀汤端给他，王别古喝了一口问："这是什么汤？"

"九开汤呀！爹。蒸没底馍馍的馏汤水，开了好几滚，十开也过了。"王别古心想：不假，也对了。

能巧巧端出菜来，王别古把眼一瞪说："怎么才四样？"能巧巧不紧不慢地说"炒韭（九）菜，调韭（九）菜，二九一十八；再加一盘子萝卜和一盘子虾。爹，这不就够二十样啦！"王别古心想：都做对了。没话说，只好闷闷地吃饭。能巧巧等他爷俩吃完，收拾了碗筷，担起挑子回家了。

王别古虽然佩服能巧巧机灵，可被她猜破了他的别古话，心里多少有点不痛快。收工回到家里，见能巧巧正做晚饭，就说："我饿了。你把那外长骨头里长肉的拿些来，我先吃点垫垫饥。"能巧巧答应一声，到锅屋端来半筐子煮好的鸡蛋。王别古连连点头。能巧巧抬腿要走，他又喊住了她："这几天没大事，你拿这一丈布给我做件褂子，做床单被，做两条口袋，剩下的再做条大手巾。"能巧巧笑嘻嘻地接过布出去了。

第二天，能巧巧把做的褂子递给公公。王别古接过褂子抖了抖说："单被呢？"

能巧巧说："爹，你白天穿着是褂子，晚上往身上一搭就是单被。"

"两条口袋呢？"

"袖口一扎就是两条口袋。"

"还有手巾呢？"

"大襟一掀能擦汗，正好当手巾。"

王别古没了话说，吃完饭就和儿子下地了。

东庄上的张三，好和王别古说笑话。他骑着马走亲戚，路过这里，见王别古正锄地，就招呼了："别古哥你锄地呢？"王别古也很客气："张三弟，下马歇歇！"

"不啦。我说别古哥，今儿你锄几锄板了？"

别古愣了，谁会单数着锄了几下！张三见别古光发呆，哈哈笑着打马走了。王别古被戏耍，肚里憋气不锄了，扛起锄头往回走，到了家脸还阴沉着。能巧巧见了问道："谁又惹您生气了，爹？"

"那个张三。他骑马路过咱地头，问我锄了几锄板，你说气人不气人？"

"爹，您不问问他的马抬了几蹄！"

一句话提醒了王别古，他就又回到地里等张三。

张三走亲戚拐回来，别古停下锄迎上去："张三弟，你光知道骑马，你知道你的马抬了几蹄了？"

张三被问住了。他跳下马，伸着大拇指说："还是别古哥，我问你地锄了几下，你问我马抬了几蹄。你说不上，我也说不出。好，堵得好！真有两下子。"

"什么两下子，跟我儿媳妇比，一下子也不行。"

"儿媳妇？"

"是的。她比我强，比你也不差。"

"那我和她比比。她要是赢了我，我就把这匹马送给她。"

王别古当然知道儿媳的能耐，就领着张三往家走。到了门口，别古说："你先等等，我给她说一声。"别古见了能巧巧，把张三要和她打赌的事一说，能巧巧点点头说："爹，走吧！咱赢他的马去。"

王别古在前，能巧巧在后。来到了门槛，能巧巧一脚门里一脚门外，停住了。她见门口站着张三，就说："张三叔，您说我是在门里还是在门外？"张三吭哧半天也说不上来，只好把马送给能巧巧。

李四租田

从前，村子里住着个名叫李四的青年，他不但聪明，而且还爱打抱不平。

村子里还住着个叫黄鼠狼的地主。他立下一条规矩，佃户要想种他的地，除了交租外，还必须先给他送一只鸡。

一天，李四来租田。他想戏耍一下黄鼠狼，故意把鸡藏在背后。黄鼠狼问李四："你来干什么？""租田。"黄鼠狼见他没有拿鸡，便说："此田不与李四种。"李四听了急忙从背后把鸡拿出来送给他。黄鼠狼一看眼前这只又肥又大的鸡，立刻改口说："不与李四却与谁？"

李四故意问他："老爷，您开头说，'此田不与李四种'，刚说完又改口，'不与李四却与谁'，这是为什么啊？"

黄鼠狼哈哈大笑说："方才那句话是'无稽之谈'，此刻这句话是'见机而行'呀！"

李四忍不住嘲讽道："什么'无稽''见机'，其实是'无鸡''见鸡'，你闹来闹去无非是想要我的一只鸡啊！"

农民智斗老虎

有一天，农夫带着耕牛正在耕地，突然老虎走过来说："你好吗，朋友？""您好大王。"农夫两腿发抖，恭恭敬敬地回答。"上天派我来吃你的两头牛，"老虎兴奋地说，"快动手把牛给我卸下来吧。""大王，您弄错了吧？上天让我耕田，耕田就得有牛。您是否回去再问一下呀？"农夫壮着了胆子说。

"没有必要去问，现在就把牛给我解下来，我准备好大吃一顿。"老虎说完就开始磨爪子磨牙。那样子把农夫吓了个半死，他再三请求老虎别吃他的耕牛，他愿意用老婆的肥奶牛来代替。老虎答应了。为了保险起见，农夫赶快带着耕牛回家了。

农夫的老婆精力充沛、干活勤快，看见丈夫这么早就回来了，便嚷道："懒鬼，活刚开头就回来啦！"农夫赶紧向老婆讲述了刚发生的一切。老婆一听丈夫答应用奶牛代替耕牛，就生气了："你用奶牛去换耕牛，那我们到哪儿去给孩子们弄牛奶喝？没有奶油我怎么做饭？"

"老婆子，你讲得不错，可是没有面粉，怎么做面包？没有牛耕田，我们怎么弄来麦子？没有牛奶和奶油，总比没有面包好，快把奶牛拉出来吧。"农夫赶忙反驳道。"笨蛋，你应该想想办法。"他老婆骂着说。"你想吧！"农夫生气了。"好，如果我想出办法，你得听我的。你去告诉老虎，就说我马上把牛送给它。"农夫没办法，只好照着老婆的话去做。

农夫走后，他老婆就穿上丈夫的衣服，把头巾裹得高高的，显得非常高大。然后，她骑上马，去见老虎。老虎仍在那里磨爪磨牙，已经饿得吹胡子、甩尾巴了。突然，它听到一个声音："谢天谢地，我终于又找到一只老虎了，昨天早上吃了三只老虎，现在还没吃饭呢！"说着，农夫的老婆就大模大样地冲老虎奔过去，吓得老虎调转屁股就跑，差点把它的朋友黑背豺撞倒。黑背豺是专门啃老虎吃剩的骨头的。

"大王！为什么跑这么快？"黑背豺问。"快跑，"老虎上气不接下气地说，"有个魔鬼般的猎人一顿早饭吃了三只老虎呢！"黑背豺听了捂着嘴笑道："大王，是太阳把您的眼睛照花了吧，她不是什么猎人，而是农夫的老婆，她故意吓唬您的。"

"你敢肯定吗？"老虎停下来问。"我敢肯定。大王，如果您仔细看看，会看到她身后垂着一条大长辫子呢。""恐怕你弄错了，"老虎怯怯地说，"他看起来像是个魔鬼一样的猎人。""我不害怕。"黑背豺回答说，"不要因为一个女人，牺牲了一顿饭！咱俩一块儿过去看看。"

"不，说不定你把我带到那儿后，自己却逃跑了！"老虎担心地说。"好吧，咱俩把尾巴拴在一起，这样我就没有办法跑啦！"狡猾的黑背豺建议说。它坚决不放弃那顿肉骨头。老虎同意这个办法。于是，它俩把尾巴打了一个死结，肩并肩地朝前走去。

农夫和他老婆正在田里嘲笑老虎。突然，他们看见了尾巴拴在一起的老虎和黑背豺。"快跑吧！"农夫喊道，"我们完蛋了，完蛋了！""住嘴，你这个大傻瓜，让我来对付老虎和黑背豺！"

她等到老虎和黑背豺走得足够近时，她对黑背豺说："谢谢你了，豺先生，给我带来了一只这么胖胖的老虎！等会儿我吃完了它的肉，你就可以啃骨头了。"老虎一听这话，吓得魂飞魄散。它忘记了黑背豺，更忘了它们的尾巴还打着结呢！老虎拼命地往前跑。黑背豺拖在后面可遭罪了，它在石头上乒乓地磕碰，在丛林里不断地被荆棘刺伤。黑背豺哀号，嗥叫，但这只能使老虎更加害怕。等老虎停下来时，黑背豺已奄奄一息了。

从那以后，农夫一家再也没有受到老虎的伤害。

聪明的农夫

一天早晨，有个农夫，骑着牛去耕地。他走过森林，突然听到有人在里面哭叫着。农夫决定走进森林去看个究竟。农夫走进树林，就看到一件非常奇怪的事：一头大熊同一只小兔子在打架。

"哎哟！我可从来没见过这种事！"

农夫说完，哈哈大笑起来。"喂，你这个没有头脑的人！"熊向农夫喊道，"你敢嘲笑我，我要吃掉你和你的牛！"农夫不敢笑了。他又是劝，又是求，想要熊别吃掉他。熊怎么也不答应。农夫又请求熊在傍晚之前不要吃掉他，让他耕好一块田，否则他的全家整个冬天就要断粮了。

"好吧，"熊说，"就照你说的，傍晚前不吃你，但是到时候请别见怪，我一定要吃掉你。"熊说完，去干自己的事了。农夫闷闷不乐地耕地，绞尽脑汁也想不出对付熊的办法。

中午时分，一只狐狸跑到田里。狐狸看到农夫在发愁，就问他发生了什么事，是不是需要帮助。农夫讲述了与熊发生的纠纷。"这区区小事，算得了什么灾难，"狐狸说，"你不要难过，熊不会对你怎么样的。你和牛都不会死，甚至还可以得到一张熊皮作补偿！假如我帮你摆脱了灾难，你给我多少报酬？"

农夫不知该付多少报酬。他真想把一切值钱的东西给狐狸，但是农夫穷得也没有什么值钱的东西，狐狸又很贪婪。最后，商量来，商量去，终于达成一致，给狐狸十只公鸡和十只母鸡作为报酬。农夫虽然答应了，但是他不知道怎么办，不知道到哪里去准备这些东西。

这时狐狸说："你现在听好，晚上熊来时，我藏在灌木丛里装成猎人的样子吹牛角。熊一定会害怕，你就把熊藏进口袋里，吩咐它不得动弹。这时候，我会走出来，问你：'你袋子里装的是什么？'你要回答'是烧坏的树桩！'你再拿起斧头朝熊猛砍，熊就马上一命呜呼了！"农夫得到这么好的主意，心中大喜。

事情正如狐狸说的那样顺利进行着——熊中了圈套，农夫和他的牛都得救了。

"怎么样，我的主意不错吧？"狐狸问，"谁还能想出比我更好的主意？你要永远记住——不要力取，要智取。现在，你去准备好报酬，明天我来拿你欠我的东西——十只公鸡、十只母鸡。注意，鸡要肥的！你要在家等着我来拿报酬，否则你要吃苦头的！"

农夫把熊装到大车上拉回家。他吃完晚饭，安安心心地睡了一觉，欠狐狸报酬的事，他连想也没去想。因为农夫已向狐狸学会了智取的本领。

第二天早晨，农夫刚睁开双眼，狐狸已经来了。狐狸使劲地敲门，说是要索取十只公鸡和十只母鸡。

"马上给你，马上给你！"农夫高声说，"你等一等，我刚刚穿衣服。"农夫很快穿好衣服，但他并不去开门，只是站在房间当中学狗叫。"农夫，农夫！"狐狸在外面叫道："什么在叫？是狗吗？"

"对啊，是狗在叫！"农夫说，"多厉害的狗哇！不知道是怎么进来的！大概是闻到了你的气味。不好，狗要出来抓你了。放心，我马上就要捉住它了！"

"你行行好吧！"狐狸喊道，"快捉住狗让我逃走。鸡就留在你家里，你可要捉住狗啊！"

当农夫打开门时，狐狸已经逃到山上，钻到山谷里去了。农夫一看，哈哈地大声嘲笑狐狸。

充满智慧的忠告

从前，在一个村庄里居住着一位体弱多病的老人和他的三个儿子。老人在快死的时候把三个儿子叫到自己面前，对他们说：

"我亲爱的孩子，我把遗产留给你们，但它并不能使你们发财致富。因此，我要留给你们三个忠告，它们比金钱和财富更为珍贵。你们记住这些忠告一生都会富裕的。下面就是我的忠告，你们可要记住：第一不要首先向任何人弯腰，只能让别人向你们先弯腰；第二吃任何食物都要加上蜜；第三要永远睡在羽绒褥子上。"

说完，老人便与世长辞了。可儿子们把父亲的忠告忘得一干二净，过着放荡不羁的生活——游手好闲，吃喝玩乐，无所不为。头一年就挥霍光了父亲的金钱，第二年卖光了全部家畜，第三年把家里所有值钱的器物全部卖光了。

当他们没吃没喝的时候，大哥说道：

"除了遗产之外，父亲不是还给我们留下三个忠告吗？他说，靠这三个忠告，我们就可以生活得富足。"

小弟弟笑着说道：

"我记得这些忠告，可又有什么用处呢？父亲说'不要首先向任何人弯腰，而要让别人向你们先弯腰'。要做到这一点，首先需要成为富人。可在这周围，现在没有比我们更贫穷的人了。他还说'吃任何食物都要加上蜜'。你听，还加上蜜！我们现在连黑麦饼也吃不上，还谈什么蜜！他又说'要永远睡在羽绒褥子上'。睡在羽绒褥子上当然好！可我们家里空空如洗，连一片破

词 苑撷英

富裕：（财物）富足充裕。

知 识延伸

家畜，是指人类为了经济或其他目的而驯养的兽类，如猪、牛、羊、马、骆驼、家兔、猫、狗等。广义的家畜也包括家禽。

毛毡也没剩下。"

大哥反复思考了很久,说道:

"小弟,是我们没有理解父亲忠告的含意。原来,他的话里充满了智慧。他的意思是让我们比别人先下地干活。当别人下地干活从我们旁边经过时,他们定会首先向我们问候。我们劳动一整天后到家又累又饿,这时吃上一块黑麦饼,比吃蜜还要甜。在这种情况下,躺在任何褥子上,我们都会感到舒服、惬意,感觉就像睡在在羽绒褥子上一样。"

第二天天刚亮,弟兄三人便下地了,他们比别人都到得早。晚来的人便首先向他们问候。弟兄三人干了一整天活,连腰都直不起来。晚上回到家里,就着茶水吃黑麦饼,觉得比吃蜜还甜。吃饱喝足,他们便躺在地上睡着了,仿佛睡在羽绒褥子上一样舒服。

他们每天都这样干着。秋后获得了丰收,他们又富裕起来了,邻里们都向他们投去尊敬的目光。

从那以后,他们一直牢记父亲的三个忠告,过着富裕的生活。

词 苑撷英

智慧:辨析判断、发明创造的能力。

夹 叙夹议

边叙事边议论,有理有据,深化劳动致富的主题。

一个遭遇不幸的农夫

秋夜,一伙贼爬进一户农家的围墙,他打开储藏室,把各式各样值得偷的东西都偷走了。窃贼们毫不挑剔,他们将这户农家席卷一空。说到我们的农夫,他睡前还十分富裕,一觉醒来后,就变得一贫如洗了。

可怜的农夫整天郁郁不欢、唉声叹气。最后,他把自己的亲戚朋友和邻居,统统请到了自己的家里。

"我遇到这样的困难，"他说，"诸位能不能慷慨帮助一下？"

于是，客人们就开始大发高论，每个人的"忠告"似乎都有些道理。

"我的可怜的朋友，我的可敬的朋友，"老张作了一番演说，"你不该对全城的人吹牛，不该炫耀自己的财富！"

堂兄弟小王插嘴道："老兄，以后你得放聪明点儿，把储藏室造得和住宅靠近点儿。"

"储藏室吗？你可真是牛头不对马嘴了，"邻居老李反驳道，"绝不是储藏室离得太远的缘故，而是你应该养几条凶狗。你到我家里来，我给你挑选一只小狗。你知道的，就是老黑狗生的那一窝里的一只。我乐意割爱——为什么不帮朋友的忙呢？我何必把它们都溺死呢？"

总而言之，忠告是不花钱的。亲戚朋友给了他千言万语，可实际的帮助呢，可怜的农夫一点儿也没有得到。

懒汉投亲

传说有一个懒人村，村里的老老少少都特别懒，最懒的人叫刘大毛，他有个姑父住在旁边的勤劳村里。有一日，他决定去投奔姑父。姑父热情地接待了他，可时间一长，姑父就有点讨厌他了。因为这个人实在太懒，什么事也不肯干，姑父忍无可忍，把他赶出了家门。临走时，姑父给他拿了三张大饼。

"上哪儿去呢？"懒汉不知去哪儿才好，没办法，就把装有三张大饼儿的包裹吊在脖子上，毫无目标、漫不经心地走着。可是走着走着，肚子饿了。

"啊，肚子饿了，真想吃大饼啊，可是要取出来吃，太麻烦了！"真是一个少见的懒汉，他为此忍着饥饿。

"怎么没人来啊，要是有人来的话，就能请他帮忙解开包裹。"他边走边想。这时，从对面走来了一个头戴斗笠、张着大嘴巴的男人。"嘿嘿，莫非他饿慌了，才把嘴张得这么大？"这么想着，懒汉等着男人走过来。

"喂，能不能替我解下吊在脖子上的包裹啊？里面还有三张大饼呢，让一张给你怎么样?"

于是,那男人回答说:

"你说什么呀,我的老弟,我真愁哇!斗笠的绳子松了,系起来又是那样的麻烦,所以才张开大嘴,好让下巴去绷紧那绳带啊!"后来,两个懒汉一个饿死了,另一个因为嘴张得太大,累死了。

地主的绰号

在汉朝的时候,洛阳城郊有一个刘家村,这个村里有一个傲慢的地主。他很喜欢自己的名字,可是,村里人偏偏不叫他的名字,净给他起绰号,这令他很生气。

他家花园里种了几棵柳树,人们就给他起了个绰号,叫作"柳树地主"。

他知道了这个绰号,认为这是对他的嘲弄,便把院子里的柳树全部砍掉,以为这样一来就不会再有这样一个讨厌的绰号了。

可是,树虽然砍掉了,还有树桩呢!人们又开始称他为"树桩地主"。

这个绰号也传到了他的耳朵里。他火冒三丈,吩咐立刻把树桩连根刨掉。可是树桩没有了,地上还留有一个大坑呢!于是,人们又叫他"树坑地主"。

这个傲慢的地主虽然给自己起了一个好听的名字,但是,人们却一直在叫他的绰号。地主怕人们再叫他的绰号,于是连门都不敢出了。

知识延伸

汉朝(前202—220年)是继秦朝之后的大一统王朝,分为西汉、东汉时期,共历二十七帝,四百零六年。

照应题目

最后一句总结全文,照应题目,深化中心。

野猫和打柴郎

很久以前，鸟兽虫鱼和人一样，都会讲话。有一个柴郎天天到山上打柴，一只野猫也天天到山上打食。时间一长，他们便成了好朋友。

一天，柴郎卖完柴，买上肉往家赶。快到山顶时，野猫突然跳出来挡住路，扯着他的裤脚说："不好啦，快跟我上树！"没等柴郎明白过来，它便把柴郎拉到了大树上。

原来，野猫清早寻食时，听见雄老虎对它的孩子说：今天过节，一定要让它们吃上柴郎的肉。

柴郎一听，惊得四肢流汗，赶忙向野猫致谢，答谢它的救命之恩。

野猫摇摇头，凑到柴郎的耳边说："不行，大难还没过去呢！我们应该……"柴郎听后，连连称妙。

话刚说完，就见一只猛虎带着一阵风来到了树下。老虎见两个家伙在树上，便大声吼叫着向树上扑。幸亏他们爬得高，才没被抓住。这下老虎可急了，气得它围着树团团转，然后，对着野猫骂道："猫眼鼓鼓，抓得你来，垫着屁股。"

野猫知道老虎不会爬树，扮着鬼脸说："忘恩负义，抓得你来，剥皮做衣。"

老虎曾经拜野猫为师，如今挨了这顿臭骂，心里愈加气愤。它大吼几声："我待在这儿不走了，不吃你，也得把你饿死。"

老虎果然蹲在树下不走了。柴郎采了一把野果吃，野猫也在树洞里捉到一只松鼠。野猫又对柴郎耳语了几句，然后把吃剩的骨头丢到了老虎前面，笑嘻嘻地说："虎大哥你看，洞里有松鼠，枝上有果子，我们不会饿死。倒是你，什么也吃不到。柴郎哥买了肉，赏你几块当点心吃吧。吃了就走，不要陪我们啦！"

柴郎用斧头割了一块猪肉，丢了下去。

老虎已经饿坏了，但又担心这肉里有鬼，只好用爪子把肉翻来翻去，等到它确认这是块新鲜猪肉时，才大口嚼了起来。

接连的三四块猪肉都已下肚，心也就随着放到了肚子里面。当肉再往下扔时，它不再用爪子抓肉，而是张着大嘴接。柴郎扔一块，它接一块，并且接得非常顺利。野猫见老虎已经消除疑心，便叫柴郎把斧头用猪血染红。

"虎大哥呀！这块是带着骨头的，非常大，你把嘴张大点。"老虎仰脸一瞧，的确是一块带骨头的大肉，并且还滴着血。他高兴得张大了嘴巴。柴郎瞄准了虎嘴，用力一掷，斧头便插进了老虎的咽喉。老虎叫也没法叫，挣扎了几下便死了。野猫和柴郎下了树，把老虎抬到了柴郎家。

"柴郎！"野猫指着老虎说："我救了你的命，又帮你得到了一只虎，怎么谢我？""用虎皮给你做件袍子，再请你吃只肥肥的大母鸡。"野猫等着虎皮做的袍子。做好之后，披在了身上，高兴得忘乎所以，连鸡也忘了吃，就跑到了水边。呵，好威风。水中的影子像真虎一样，斑斓的花纹，庞大的身躯。这下，劳累和虚惊全部没有了，他急着赶回山上显神气去了。

第二天清早，野猫赶到了柴郎家，见柴郎全家正忙着抽虎筋，炸虎油、熬虎胶。野猫坐了许久，见柴郎不作声，便说："你们忙，我不打扰啦，把鸡拿给我吧！""哟，我都忘了。鸡是有一只，可是正在生蛋，吃了可惜，过几天吧！"野猫一想也有道理，就空着手走了。

一个月后，野猫估计鸡总该把蛋生完了，便又来到了柴郎家。柴郎一见野猫，没等它开口便抢着说，"老弟，又让你白跑了。鸡生了蛋，不孵一窝鸡仔多不好。再等几天吧！"野猫沉思了一会，觉着是有道理，又空着手走了，

鸡仔长得很慢，野猫也好久没到柴郎家去要鸡了。

柴郎靠那只老虎发了财，也就不打柴了。因此与野猫见面的机会也少了。一年之后，野猫打食回家，恰巧碰到了柴郎，见他正担着一担肥鸡上集市去卖。老朋友见面，免不了问长问短，叙旧话新。野猫得知柴郎富了，心中很高兴，这下该给他一只肥鸡了吧。野猫滴着口水刚想开口，柴郎又抢先发话了，"老弟，你不知道，这鸡很野，关进笼子已不很容易了。现在上集去卖，你先不忙吃吧！晚上回家给你捉只大的。时辰不早了，我还要赶集呢！"柴郎说完，挑着担就走了。

野猫什么话也没有说，低着头就走了。从那时起，每到晚上，野猫便进村去捉没进笼的大肥鸡吃。

懒汉的回答

古时候，人们过着很幸福的生活，粮食非常充足。人们不需要亲自到田里种麦子，也不需要进行施肥、锄草、收割等劳动。麦子自己会生长，成熟了，麦粒按规定的时间，自己滚进谷仓。

这样方便的事，一直持续了很久，后来人们中间出现了一个什么也不干、整天睡大觉的懒汉，才使情况发生了变化。

那是在一个麦子成熟的季节，麦粒滚到懒汉的家门口，请那个懒汉帮着打开一下麦仓门。尽管麦粒在门口喊了半天，但是懒汉懒得起床，反而觉得麦粒打搅了他的睡眠，很不满意，大声说："我不开！你们为什么偏偏要在我睡觉的时间来？你们先回去吧，明天中午再来。"

麦粒听到懒汉这样说，又在门口等了一阵，仍不见有动静，就说："算了吧，既然你喜欢睡，就继续睡下去，今后我们再也不来找你了。但是，你必须在雨季时到田地播种，亲自去伺候麦苗成长，熟了动手收割，然后脱粒。你要是疏忽大意，动物们就会抢着吃，使产量减少。此外，你还必须把我们运到麦仓里，要是保管不善，我们还会发芽，叫你没法吃。"

麦粒说完后，各自依旧回到田里。

从那以后，人们要吃饭就必须到田里播种、插秧、松土，进行田间管理，还得自行收割、打谷脱粒，然后将麦子搬进仓房，正如同农民现在所做的那样。

放鸭人和老鹰

从前有个放鸭子的，经常把鸭群赶到小河里去放，当鸭子在河里自由地嬉戏觅食时，他就坐在一棵大树下守候着，不让一只鸭子丢失。

有一天，放鸭人像往常一样照看着鸭群吃草，突然发现远处蹲着一只老鹰，两只眼睛紧盯着鸭群。放鸭人心里想："这老鹰一定是想寻找机会，来吃我的鸭。"他吓得连眼睛都不敢眨一下地注视着，却不见老鹰有什么行动。直到傍晚放鸭人要把鸭子群赶回家时，那只老鹰才站起来离开草坪，消失在丛林中。

第二天，放鸭人发现那只老鹰又来了，而且蹲得离鸭群更近些。放鸭人越加不放心，一直提防着它，但不见它表现出任何企图，只是一动不动地蹲在那儿。

就这样，老鹰天天来，而且蹲得越来越近，直到第十天，放鸭人暗自思忖："这只鹰大概不吃我的鸭子。假若它是一只吃鸭子的老鹰，一开始它就吃了。现在已经是第十天了，它仍是这样静悄悄地恭候在旁边，难道它也想放鸭子吗？为什么老是蹲在这里？"

放鸭人心里怀疑，就问老鹰道："你为什么总是蹲在这里看鸭子？你守在这里已经十天了，是十天，对吗？"

"对。"老鹰温柔而有礼貌地回答，"我喜欢看鸭子。"

放鸭人听到老鹰温和的声调，看见它那副彬彬有礼样子，在心里琢磨："这只老鹰不同于一般的老鹰，比较和蔼可亲，一定是只好老鹰。"他接着问："是什么原因使你这么喜欢看鸭呢？"

老鹰回答说："因为我的孩子小时候也像小鸭子似的，身上长着一缕缕可爱的绒毛。"

"如果是这样，你为什么不守候在你可爱的孩子身边？"

"我的孩子死光了。"

"你的孩子死光了？"

"是的。"

"怎么死的？"

"被别的老鹰吃了。"

"唉，真让人同情。你大概太想念你的孩子了，所以每天守在这里。"

"对啊。我简直无法形容我思念孩子的心情，每天都不知道该做什么，所以把鸭子当作我的孩子看待。"

"天哪，这太可怜了！"放鸭人发自内心地说，"如果看鸭子能使你消愁解闷的话，你可以每天都来，坐近点也行，我不会计较的。"

"谢谢你。"老鹰说，"我一定每天都来看鸭子。"

从此以后，这只善良的鹰每天都来坐在鸭子的旁边，有时还两眼泪汪汪的，像在哭泣，这更使放鸭人同情和怜悯它。

最后，老鹰终于取得了放鸭人的信任。有几天，放鸭人觉得困倦，想睡个午觉，就请老鹰帮忙看守一下鸭群，老鹰总是照看得很好，鸭没发生什么危险，这使放鸭人对老鹰，就像对自己一样放心。

有一天，放鸭人要进城买东西，他对老鹰说："我有点事情，要进城买东西，你帮我照料一下鸭群好吗？"

"好啊。"老鹰说，"我一定保证你的鸭群安全。"

可是放鸭人才离开没多久，这只"温顺""善良""使人放心"的老鹰就扑向鸭群，把鸭子啄死，美美地饱餐了一顿，然后飞走了。放鸭人回来，发现死了许多鸭子，而老鹰已经逃之夭夭，才知道上当了。老鹰最终还是露出了它的凶残本性。

聪明的仆人

古时候，有一个名叫贾克的青年，他长得眉清目秀，心地善良。他长年在财主家当仆人。但是财主是一个阴险狡诈、圆滑无比、一毛不拔的家伙。

财主有个女儿叫芙蓉，她是个美丽善良的姑娘，同情仆人，并且爱上了贾克。有一天，芙蓉对贾克说："我爱你，贾克，向我父亲提求婚的事吧！"

第二天，贾克硬着头皮来到财主面前说："老爷，我想要娶芙蓉小姐为妻，我……"贾克的话还没说完，就被财主的咆哮打断了："什么，你想娶芙蓉做妻子？你这个穷光蛋，怎敢想娶我的女儿！"

财主一边骂一边瞪着贾克。突然他觉得可以利用这个事，让贾克白白为他做工，就语调一转，放低声音说："贾克，我和你打个赌。星期天我要请客，如果你在那天能把烤乳猪从厨房偷走，那我就把芙蓉嫁给你；不能成功，就得给我白干三年活。"贾克答道："好，一言为定。"

星期天到了。附近一带的贵族骑着马纷纷来到财主的庄园参加宴会。仆人们为此格外忙碌。厨房里正在烤乳猪，散发出诱人的香味，五个仆人站在旁边守着。

这时，从门外进来一个衣衫褴褛的老人，请求仆人给他点吃的。一个仆人说："哦！你这老头真幸运，今天我们老爷请客，按规矩凡是今天来庄园的客人，都要让他吃饱。"于是仆人就给老头盛了一碗饭。

突然，另一个仆人惊叫起来："你们看，从哪儿跑进来一只野兔？"其他仆人一看，在老人身旁果然有一只野兔。两个仆人立即扑过去想抓野兔。那野兔惊得钻进马厩，一匹枣红马受惊了，一下挣断了缰绳，奔出马厩，马厩的马一下子都惊了，忽啦忽啦地四下乱跑。仆人立即跑去报告财主，财主又急又气，对着仆人吼道："还不快给我追，全部都去追！"

当仆人们牵着马，筋疲力尽回到庄园时，财主这才想起了烤乳猪。他急忙赶回厨房，烤架上的烤乳猪早就不见了。贾克手捧烤乳猪走上前对财主说："我的主人，烤乳猪在这儿，好香啊。主人，这下该同意将芙蓉嫁给我了吧。"

"慢着！"财主叫道，"贾克，你这次是化了装，不算数。我们再打一次赌。我准备外出做三天客，如你能使我在三天之内回到家中，我就认输，答应你的请求，否则，你还得白为我干三年活。"

第二天一早，财主就驱马上路了。刚走了不到一个时辰，就见贾克满头大汗骑着一匹马飞驰而来。

"怎么啦，贾克？"财主狐疑地问。贾克边流泪边说着："您刚出门，芙蓉上楼时不慎从楼上摔下来，一下不省人事了，夫人命我赶快去请医生。"他边说边挥着鞭子驱马往前飞奔。财主听后，急得六神无主，把打赌的事忘得干干净净，慌忙掉转马头往家中跑去。

他回到家，冲进小姐的房里，只见夫人和女儿正安安静静地坐在那儿绣花呢。这时，他才猛然发觉又上了贾克的当，急忙回头就走。哪知刚到门口，贾克笑吟吟地迎了上来。

财主知道自己又输了，气得七窍生烟，说："你这无赖，为

语言描写

这里语言描写体现了财主的狡猾、贪婪、爱打赌的性格，烘托了贾克智慧的人物形象。

什么要骗我？这次不能算，我们再打一次赌。今晚我和我妻子睡在一起，如果你能把我们的枕头偷走，我就兑现我的诺言！否则，就别怪我让你白干三年活啦！"

晚上，财主和夫人心神不定地躺在床上，猜测着贾克将用什么办法来偷枕头。突然，财主发现有一个人头在窗台上晃了晃就消失了，接着又出现了。"是贾克。"财主低声对妻子说，"我要狠狠教训他！"

说着，他悄悄下床，提了一支猎枪，瞄准窗台上的黑影，砰地开了一枪。随着枪声，只听扑通一声，黑影倒下去。财主立即拉开门往外跑，恰好踩在一块西瓜皮上，摔了个四脚朝天。

财主夫人听到丈夫摔倒的声音，急忙从床上跳了下来，跑到门外，一下扑到丈夫身上哭道："你怎么啦？快来人啊！老爷摔……"喊声未绝，只听啪的一声，她脸上挨了她丈夫重重的一巴掌："你这蠢货，枕头，快去拿枕头！"

"老爷，枕头在这儿，我给您拿来了。"贾克说道，"老爷，您的枪法真准呵，那稻草人的头颅被您的子弹穿了个洞。"财主不得不承认自己失败。英俊的贾克和美丽的芙蓉终于幸福地走到了一起。

财主还债

在遥远的过去，一天，一个农夫正在路上行走，突然发现山脚下有个过路人正在睡觉，一条大灰狼悄悄地走近他。农夫赶忙大声喊叫：

"喂，过路人，快起来！狼咬你去了！"

睡觉的人立即醒来，从腰中拔出短剑。眼看着狼就要走到身边了。可这时狼改变了主意，不去咬过路人了，而是扭头往回走，钻进灌木丛里。

农夫走到过路人身边。过路人说：

"太感谢你了，好心人！你救了我的命。如果你不来，我可能已经被狼吃了。我是个财主。我要赏给你一袋金币。"

农夫一听非常高兴，眉飞色舞。他想："真是福从天降！我还从未见过金币的模样呢，现在我就要有一整袋金币了！"

财主一见农夫欣喜异常的样子，心中暗想："我是否有点儿过分慷慨了呢？我答应赏给他的是否太多了呢？我由于惊恐而一时说走了嘴，得想个妥善的办法……"然后他就说道：

"我就住在山后的村子里。你明天到我家来。你不要一个人来，要带一个你完全信任的人来。因为你要背一袋金币呢！"

农夫回到家里之后就把一切情况都对妻子讲了。

"你怎么想？谁是最可靠的人？谁能不对我们的金币眼红？我和谁一起去领赏才合适呢？"农夫问妻子。

妻子说：

"没有这样可靠的人。我谁也不相信。我自己和你一起去，由我来保护你。"

他们夫妻二人便一同来到财主家。财主殷勤地迎接他们，桌上摆满丰盛的酒菜款待他们。农夫便开怀畅饮，喝了个酩酊大醉，倒卧在床上就睡着了。这时财主对农夫的妻子说：

"我没承想，农夫竟然有一位如此美貌的妻子。你成为财主的妻子该多好！你可以穿丝绸、戴金银。你有一双多么美好的手！可你却从早操劳到晚！你如果成为财主的女主人，就可以支配一切。就是你们现在把这些金币拿去，花上一年两年，三年五载，最后还会成为一无所有的穷光蛋。我还没有妻子，是个单身汉。假如你答应嫁给我，你就会成为我全部财富的主人，那时你就坐享清福，永远不用操劳了。"

农夫的妻子听了这番话，心想："的确如此，一袋金币有什么了不起？这对我来说，未免太少了。那我就永远做财主的妻子吧。"于是她就说：

"我答应了。可我的丈夫如何处置呢？"

"把他杀了。"

"一个女人怎么能斗得过一个男人呢？"

"你趁他熟睡时把他杀死。你看，那儿有一把短剑。"

农夫的妻子抓起短剑，走到丈夫身边，把短剑高高举起。在这紧要关头，财主突然大叫起来：

"快起来，客人，快起来！你妻子要杀死你！"

农夫的妻子一听这话，手持短剑木呆呆地停在那里，宛如一具僵尸。农夫跃身而起，看见了妻子和她手中的短剑。这时财主说话了：

"我在睡觉的时候，差一点被狼吃了，你救了我一命。现在我也救了你一命。我们俩可以说是谁也不欠谁的债，咱们两清，你们回家去吧。"

农夫和妻子就这样两手空空地回家去了。

贪财的老地主

有一个村庄位于离山很远的地方，在那里住着一户只有两口子的人家。这一年遇上荒年，地里连种子都没的收，到了来年种地的时候，可把丈夫愁坏了。妻子说道："没有法子呀！你到地主家，去借半斗高粱当种子吧！"

小伙子听妻子这么说，明知不妥当，但被逼到这个地步也只好去了！他叹了一口气就到地主家借粮去了。没想到那么容易，地主问明了他的用处以后，满口答应道："好！好！等明天你来拿吧！"

当天晚上，地主对他老婆说道："挖出半斗高粱。"地主老婆把嘴一噘，说："不许你往外借粮。"地主伸过头去说："你知道什么，今春借给他半斗高粱，秋天就要他那五亩地。"地主老婆说："你净想好事，秋天人家收获高粱，只还你高粱，还能给你地吗？"地主小声地说："咱把高粱种放在锅里炒炒！叫他种上也出不来高粱，看他秋天拿什么还咱！"

地主老婆也欢喜起来，连忙炒高粱去了。

她把高粱倒进锅里的时候，不留心掉一粒在锅台上。炒完了，往斗里盛的时候，连这粒也盛了进去。

第二天，小伙子来拿，地主说道："咱两个说在明处，你借了我的粮去，秋天有粮你还我粮，没粮你还我地，你听明白啦！秋天你还不上我的粮，你那五亩地就归我了。"

小伙子心想：到秋天怎么的也能把他这半斗高粱还上，便答应了。

小伙子和他妻子，两口子辛辛苦苦地把地种上了，可是只出了一棵高粱。上粪浇水，那棵高粱长得真好，高粱穗比斗还大，小伙子谋量着这棵高粱总能出半斗去还地主。眼看高粱快熟了，他天天守在那里。一天早上，一个老雕叼着高粱穗子就飞，他急了，连忙追赶。老雕前头飞，他在后面赶，赶着赶着天黑了，老雕叼着高粱穗子钻进大山里面的洞里去了。

小伙子要往家走，但天黑了，路又不熟，这还不说，高粱穗子也叫老雕叼去了，拿什么去还地主的粮，还是等天明再豁上命进洞去看看吧！

四周都没有人家，晚上到哪里去过夜呢？他朝周围看了看，在离洞不远的地方，有一棵松树，松树长得像把伞，他就爬到上面去了。没过多久，一只大狼跑了过来，停了一会儿，老虎也来了，狮子也来了，狗熊也来了，猴子也来了……他在树上听着，动也没动。狼用鼻子四下里闻着，说："抽搭抽搭鼻子，生人味，见了生人肚子饥。"猴子也说："抽搭抽搭鼻子，生人味，见了生人肚子饥。"狗熊说道："哪里来的生人，是咱出去带了生土回来啦！"老虎说道："今天出去谁没有吃饱？"狮子说："我今天没吃饱！"狼说："我吃了一只猪，吃饱了。"狗熊说："我吃了个半饱。"猴子说："我还想吃点儿。"

老虎往松树根上一扒，扒出一个锃亮的宝器，还竖着个锃亮的把儿。老虎拿起它敲了两下，念道："金头金把儿，敲两下，酒菜饽饽一齐来。"

转眼间，通红的食盒来了，里面盛的有酒、有菜、有饽饽。老虎、狮子、狗熊、猴子吃完了，又把宝器埋在松树根上。鸡咕咕地叫了一声，老虎走了，狮子走了，狼和狗熊、猴子都走了。

小伙子在树上看得清清楚楚，心想，只要得到这个宝器，还愁什么！地主的粮也能还上。他轻轻地爬下树来，从松树根上挖出宝器，带回家来了。

到了家里，他和妻子说了，又拿出宝器敲了两下，喊道："金头金把儿，敲两下，半斗高粱快快来。"

说话的工夫，半斗高粱就在眼前了。他叫老婆把宝器藏起来，拿上高粱就往地主家去了。

地主一见他来还粮，就变了脸，问他："你的高粱种上没出，怎么有粮还我？"

小伙子从来不会说谎，就把事情原原本本地告诉了他。地主这才把粮收下。

第二年，地主也叫长工在地里种上了一棵高粱。地主守在旁边，叫长工浇水上粪。高粱长得也很好，眼看快熟了，地主天天盼老雕。这一天老雕飞来了，真的把高粱叼去了。地主也跟在后面追，天黑的时候，也追到那座山里，老雕又钻进洞里去了。地主朝周围看了看，也望见了那棵长得好像伞一样的松树，心想，这一定是那个小伙子爬的那棵树。他也爬了上去。不多一会儿，狼也来了，老虎也来了，狮子也来了，狗熊也来了，猴子也来了。狼四下里闻了闻说："抽搭抽搭鼻子，生人味，见了生人肚子饥。"狮子也说："抽搭抽搭鼻子，生人味，见了生人肚子饥。"狗熊说道："哪里来的生人，是咱出去带回来生土啦！"老虎说："还是找找吧，上次咱的宝器就叫人偷去了。"

猴子一下跳上了树，见地主蹲在树杈上，拧着鼻子就把他揪了下来。狼过去拧着他的鼻子转几圈，老虎过去拧着他的鼻子转几圈。猴子也过去拧着他的鼻子转了几圈，把地主的鼻子拧了三丈长，才把他放了。

地主得了命，肩上扛着鼻子，腰里缠着鼻子，胳肢窝里夹着鼻子，往家就跑，拿不了的一截鼻子，只能在地上拖着。

地主老婆连觉也不睡，点着灯一直在等着，一听见地主叫门，赶紧下来开。地主听见老婆开门，连忙喊道："小心别碰了我的鼻子。"老婆问道："得了个鼻子宝器吗？"

地主着急地说："你躲开让我进去，到家再说吧！"

他生怕长工看见他，慌慌张张地往屋里跑，到了水缸边，一不小心叫脚底下的鼻子绊了一跟头，竖在水缸里淹死了。

贪财的老地主到头来只落了这么一个下场。

四个傻瓜

从前有个国王，终日花天酒地、寻欢作乐。

一天，他心血来潮，命令宰相找四个傻子来供他取乐。

第二天，宰相带着两个人来见国王。

"陛下，"宰相指着其中一个人说，"这是在路上给你找来的第一个傻子，他骑在马上，还把沉甸甸的一筐东西顶在脑袋上。"

"天下第一号傻瓜！"国王捧腹大笑，"你为什么不把那筐东西放在马背上呢？真笨！"

"陛下，"宰相又指着另一个人说，"他的妻子几年前跟他离婚后又改嫁了，前不久生了一个儿子。他得知后高兴得手舞足蹈，站在大街上向行人散发糖果，还说要隆重地庆贺一番！"

国王乐不可支："你这个傻瓜，那根本不是你的儿子！"

"我让你找四个傻瓜，"国王兴致勃勃地问，"那两个在哪儿呢？"

宰相毕恭毕敬地深鞠一躬，说："陛下，第三个傻瓜就是老臣。我身为宰相，不会辅佐陛下治理国家，只会寻找傻子和白痴供陛下取乐，这说明我是一个十足的傻瓜！"

国王若有所思地微微点头。"那么，第四个在哪儿呢？"他接着问。

"陛下，第四个……"宰相嗫嗫嚅嚅，欲言又止。

"你快说！"国王催促道。

"陛下，恕臣直言，第四个傻瓜就是陛下！"宰相慷慨陈言，"陛下身为一国之君，理应召天下贤人达士，辅佐陛下安邦治国，但陛下却只知寻找傻瓜、白痴消遣取乐，这难道还不傻吗？"

国王恍然大悟。从那儿以后，他再也不寻欢作乐了，开始认真治理国家，终于成了一位深得人心的国君。

华佗拜师

现在，人们称赞医生的高超技术经常用"华佗再世"这个词语，充分体现出华佗的医术的高明。下面讲述一个华佗学艺的故事。

华佗的师傅是个老郎中，这人脾气古怪，与众不同。那时候，各行各业师傅收徒弟，是把徒弟当奴仆使唤，洗衣煮饭，扫地倒尿，什么累活脏活都得做。这老郎中不是这样，他在书房门口贴了一副对联：

不倒尿，看水穿石悟诀窍；

莫洗衣，见病如亲学功夫！

谁要是来学艺，就先到书房门口对联下来"考"一下。

这天，华佗来投师，老郎中还是不改老规矩，把华佗带到门口，让华佗看了对联，问道：

"华佗，你记住了吗？"

华佗说：

"记住了：不倒尿，看水穿石悟诀窍；莫洗衣，见病如亲学功夫！"

"好。你懂这个意思吗？"

"我不懂。我慢慢学吧！"

"好！"

老郎中高兴了，因为好多年轻人来投师时，都说：

"懂。"一懂就坏了，老郎中就不收了。因为讲起来简单，做起来复杂啊！

于是，老郎中带着华佗到后园，指指水檐下一块青石说：

"什么时候水滴石穿了，你就学好了。"

"嗯！"

第二天，老郎中开始坐诊了。一天下来，老郎中看了五个病人，全要华佗把病例记下来。记一个，老郎中问一下：

"华佗，你怕麻烦吗？"

"不怕。"

"华佗，你怕辛苦吗？"

"不怕。"

吃了晚饭，老郎中把华佗叫到跟前，说：

"华佗，你把今天五个病例查对一下医书，看看用药有无差错处。"

华佗在灯下，对着病例，翻着医书，一行一行地看着。五个病例弄好，也差不多二更鼓尽。华佗伸个懒腰，打着呵欠，感到疲劳，于是脱衣上床。刚好上床，老郎中来了，他说：

"华佗，我来给你讲课。"

华佗只得起来。讲完课，老郎中说：

"师傅引进门，修行在个人。你自己看吧！"

于是，老郎中向外踱着，学着老夫子的腔调，哼着诗："三更灯火五更鸡，正是男儿读书时……"

华佗听着老郎中的诗，不觉舌头一伸："好严的老头儿，这比洗衣倒尿难多啦！"又用心地看下去……

日复一日，月复一月，老郎中都这样要求着，华佗也勤奋学习，毫不松懈。

一年下来，华佗已记了一千五百多个病例。这日，老郎中问道："华佗，在一千五百多个病例中，有多少黄疸病？"华佗说：

"三十二个。"

老郎中又问：

"这三十二个病例用的药都相同吗？"

"没有一个相同。"

"为啥？"

"根据老师教导，病人有男有女、有老有少、有初患和复发等不同情况，因此用药各不相同。"

华佗像背书一样地回答，老郎中高兴得直点头。直到晚年，他才收了这么一个称心的徒弟。华佗的功夫过细、过深，使他佩服。老郎中戏谑地说：

"看样子，快水滴石穿了！"

华佗谦虚地说："早咧！"

一天，一个产妇难产，去请老郎中和华佗。老郎中到了产妇家，没费多大工夫，孩子就生下来了，可是落地没有声音。老郎中招呼华佗说："这是羊水闷的……"

华佗没等老郎中说完，就弯下腰，用嘴吮吸胎儿嘴里的羊水，孩子哇的一声哭了。产妇全家高兴极了，热情地款待了师徒俩。

师徒俩高高兴兴地回到家，走到檐下，老郎中指着青石说："细水滴穿青石，全靠功夫深啊！"

华佗点点头！

走到书房门口，老郎中指着那对联说：

"华佗，如今你领会了吧？"

华佗望着老郎中，恳求他说：

"老师啊，我还是领会不深。"

老郎中高兴地说：

"你的话对啊，学无止境嘛！当初我行医时，就遵循两条：一是熟读医书，多临症；二是对病人'不是亲人，胜似亲人'。你如今两条都已具备，就出师去闯吧！常言说得好，'只有状元的学生，没有状元的老师'，我相信你将来会大有作为的。"

华佗牢记老郎中的话，依依不舍地告别了师傅。果然，他后来行医出了名，名气比他的师傅还响、还大，真是青出于蓝而胜于蓝啊！

李时珍的传说

传说，李时珍刚开始行医时，出过一次很大的差错，还差点闹出人命来。有一天，有一个病人高烧不出汗，头痛得厉害，请李时珍去诊断。李时珍赶到他家，茶不喝，水不饮，就坐在病人床沿上切脉看病。他诊断病人患的是伤风病，首先应该发汗，于是他就叫病人在药抓回来之前先煎些生姜水喝，然后裹紧被子睡一觉，出出汗，病就会减轻。

李时珍开好处方准备走了，病人问他："伤风病能不能吃鱼？"李时珍一抬头便看见病人家里挂着一条乌鳢鱼，就笑着说："用生姜煮乌鳢鱼吃无妨，只要发了汗就行。"

李时珍辞别了伤风病人就到别处去诊病，等他忙了半天回到家里，刚坐在板凳上，病人的儿子就喘着粗气赶来说，他老子吃了生姜煮的乌鳢鱼后，眼眶子变大，脸色变白，舌头打结，喘气不匀。李时珍一听急了，心想：不好，这是人命关天的大事！幸好这时李时珍的父亲李言闻老先生挖药回来。一听说这件事，抓起几样草药就和李时珍一起心急火燎地赶到了伤风病人家中。

李老先生也是个老中医，他让病人煎服了解毒的草药，等病情好转些再煎服治伤风病的草药，只三天工夫，病人就能起床干活了。

"这到底是怎么回事呢？"李时珍问他父亲。父亲告诉他，生姜煮乌鳢鱼能使人中毒。这件事对李时珍震动很大，他一连几夜都没睡好觉，伤风病人中毒的情景总是在他的头脑里打转转。他暗下决心，为了替天下人治病，要弄懂所有中草药的药性。他一边采药行医，一边四处求拜名师。功夫不负苦心人，他后来终于成了"药圣"，写出了《本草纲目》。

余裁缝巧制慈禧衣

清朝年间，慈禧太后执掌政权，垂帘听政。她穷奢极欲，挥霍无度，却不关心民间疾苦。她在七十大寿之际，竟不惜工本，命全国各地的高级裁缝进京为她精制一件万寿锦衣。很快，几百个有名的裁缝会师京都，根据祖传规矩，一齐奏请慈禧：要量体后再裁料制衣。不料慈禧听后大发雌威，拍桌吼道："反了！反了！小小百姓，竟敢要量我龙体，这……这……这还了得！统统与我绑出去斩首示众！"话一出口，立时就把这批高级裁缝全部斩尽杀绝，又征调一批裁缝进宫制衣。后来的裁缝匠再也不敢提量体之事，大家瞎猜瞎想瞎剪瞎裁，制出来的锦衣一件也不合慈禧的心意。这样，人杀了一批又一批，可谁也没法把万寿锦衣缝制出来。转眼，寿期临近，慈禧斥责手下宫娥、太监："如再不赶快找到裁缝，制出我合意的锦衣来，定将你们一同问斩！"这消息传到镇海，大小裁缝匠吓得目瞪口呆，有的竟偷偷改了行。

有位姓余的裁缝听后十分气愤，一定要为同行解除这杀身之祸，就毛遂自荐，只身冒死进京制衣。宫娥、太监们喜出望外，以为来了救星，照例捧出大匹大匹的锦缎绸料给他动手赶制。谁知一连三日，余裁缝只是吃饭睡觉，不裁不剪。急得宫娥、太监们连连催促："裁缝师傅啊，你再不动手，耽误了太后寿期，可要杀头的呀！"余裁缝听后呵呵大笑说："我死不足惜，只恐太后的锦衣制不出来，连你们也逃脱不了这杀身之祸啊！'""是呀！这可如何是好呀？"宫娥、太监们吓得脸色青白，连连叩头向他讨取计策。余裁缝不慌不忙，在他们的耳边如此这般地吩咐了一遍。宫娥、太监们实在无可奈何，只得点头应允。

第二天，慈禧在万寿宫垂帘听政，余裁缝早已乔装改扮成一个太监混在众多的随从中，站在珠帘外远远地观察着她的身影。一片参见声中，宫娥、太监们有意扶着太后起立并徐徐转体三次。余裁缝看清慈禧身影微呈弧形，恍然大悟："喔，原来如此！"他当天就迅速开剪，制出一件后襟长、前襟短的锦衣来。慈禧拿来一试，非常合体，赏了余裁缝许多银两。

原来，清政府腐败无能，慈禧一见洋人就点头哈腰，时间长了，便驼背了，怪不得其他裁缝做出来的衣服不合体呢。

彩点睛

中国民间故事源于中国，源于民间，有实践基础。本书是故事体裁，是想象和联想的花朵，是智慧的结晶，是思维的火花，是对美好生活的向往，是对真实的把握，是对至善的追求。这里有尧舜故事，有李世民纳谏故事，有巧匠余裁缝巧制万寿锦衣的故事……读者可借鉴故事的写作手法，并学习其中的实践方法、思辨方法。

读积累

中医

中医诞生于原始社会，春秋战国时期已基本形成体系，之后历代均有总结发展，对汉字文化圈国家影响深远，如日本、韩国、朝鲜、越南等国的医学都是以中医为基础发展起来的。中医学以阴阳五行作为理论基础，将人体看成气、形、神的统一体，通过"望闻问切"四诊合参的方法，分析人体内五脏六腑、经络关节、气血津液的变化，以辨证论治原则，制定"汗、吐、下、和、温、清、补、消"等治法，使用中药、针灸、按摩、拔罐、气功、食疗等多种治疗手段，使人体达到阴阳调和而康复。世界卫生组织将中医纳入具有全球影响力的医学纲要。

词好句

好词归纳

老态龙钟　　繁荣富强　　以礼相待　　满面春风　　千娇百媚

好句欣赏

· 献之想到母亲一眼就能看出这个"点"和其他字迹的功力不一样，这不仅说明母亲的眼力好，对父亲的书法有鉴赏能力，同时，也说明父亲写的字确实比自己好太多了。

悦享摘抄

悦享摘抄

悦享摘抄

悦享摘抄